U0025637

菊石まれほ
MAREHO KIKUISHI

[插畫]──野崎つばた
Illustration
Tsubata Nozaki

記憶縫線

電索官埃緹卡與女王的三胞胎

2

Kadokawa Fantastic Novels

YOUR FORMA

Electronic Investigator Echika and the Royal Tripets

CONTENTS

馬文・A・奧爾波特
Marvin A. Allport
諾華耶機器人科技公司開發的第三具RF型阿米客思。與兩名哥哥相比，有著「不像人類」的缺點。自從離開王室之後，定位資訊便中斷，已有數年行蹤不明。

電索

以專用接線與目標的YOUR FORMA連線的行為。不只是視覺、聽覺，包含感情在內，目標的腦部所體驗的一切皆可閱覽。人們期待此舉可在犯罪搜查的領域帶來革命性的成果。

菊石まれほ

【插畫】——野崎つばた

記憶縫線 YOUR FORMA 2

電索官埃緹卡與女王的三胞胎

Kadokawa Fantastic Novels

THE Moon

Thursday, February 8, 2024

$200,000 BINGO! Lucky numbers are on Page 19.

DEDICATED TO THE PEOPLE OF THE STATES.

WORLD SANSATION OF THE DAY

獻給王室的阿米客思竟對人類開槍！

稀世的IT革命家陷入瘋狂的真相！

ROYAL AMICUS FIRED AT HUMAN OFFICER

◀長年擔任伊萊亞斯．泰勒「左右手」的史帝夫．惠斯登（提供：利格西堤相關人士）

發生在利格西堤的騷動目前仍未見平息。在感染者提告及客訴、股價出現史無前例的大暴跌之際，使分身乏術的員工更加苦惱的是瘋狂的天才——伊萊亞斯．泰勒疼愛有加的阿米客思。過去被獻給英國王室，長年擔任泰勒左右手的他屬於珍貴的RF（Royal Family）機型，受到主人的瘋狂影響，因而跨越了「敬愛規範」的束縛——

READ FURTHER STORY ON OUR OFFICIAL WEB SITE!

YOUR FORMA

序章——祕密

他恐怕是兄弟之中最早注意到這個祕密的人。

哈羅德有時候會重播令人懷念的昔日記憶。

例如入秋的溫莎堡。

結束了一天的營業，觀光客已經完全不見蹤影。恢復寧靜的護城庭園染上火焰般的楓紅，彷彿要以這層鮮豔的色彩替自己送葬——哈羅德很喜歡這個地方。他經常坐在長椅上，不特別做些什麼，只是享受這段時光。

那天與往常不同，有一隻秋天的蝴蝶翩翩飛舞，降落在他的肩膀上。那對翅膀的顏色令人印象深刻，哈羅德記得很清楚。他之所以伸出手，想讓蝴蝶停在自己的手指上，恐怕是因為系統判斷這個舉動「很像人類」吧。

然而——

「我幫你抓吧。」

就在哈羅德觸碰到蝴蝶之前，一隻手冷不防地抓住了蝴蝶。正如字面所述，「抓住了」——不知何時來到身邊的他有著與哈羅德相同的臉，正露出微笑。那張臉雕琢得十分精巧，以人類的感受而言，可說是最為端正的長相。掛在前額的金色瀏海給人有些稚嫩的印象。他的嘴邊有一顆淡淡的痣。

馬文．亞當斯．奧爾波特。

ＲＦ型——三胞胎的么弟。

「馬文——」哈羅德模擬人類倒抽一口氣的舉止。「你這樣會捏死牠的。」

「咦？啊啊……」

馬文放開握住蝴蝶的手指——果不其然，下場悽慘的蝴蝶就黏在他的手掌心。翅膀的鮮豔色彩已不復見，只剩下黯淡的鱗粉與破裂的內臟。

「對不起。」馬文一臉疑惑地說。「我好像選了錯誤的行為。」

「你有學過要愛護生命吧。如果是人類就會那麼做。」

「如果是人類就會那麼做……」

馬文有些機械式地重複道，然後走向供水處。看著他像個孩子般洗手的背影，哈羅德嘆了一口氣。弟弟有時候很「不像人類」。

「女王陛下週末會回來。」有聲音從背後傳來。聲音來源是靠著樹，正在看書的史帝夫。「在那之前，應該有必要請博士替馬文調整一次。」

「已經調整過好幾次了。我想博士應該認為這就是馬文真正的樣子。」

YOUR FORMA

「她恐怕是錯的。機械裝置朋友（阿米客思機器人）必須『像個人類』。」史帝夫的手指翻動書頁。

「依我所見，他有一點……不成材。」

「哈羅德、史帝夫！」

不知什麼時候洗完手的馬文跑了過來——這次他的手裡並沒有抓著蝴蝶，而是握著一把花。他露出高興的表情，把散落的花瓣灑到哈羅德的頭上。然後不知怎地，他放聲笑了出來。

確實，他是個不成材的弟弟。

但哈羅德一點也不討厭他。

會想起這段往事，是因為前陣子才和史帝夫久別重逢嗎——哥哥舉起槍，打穿埃緹卡的全像模組。他當時的表情就烙印在哈羅德眼裡。

突然間，系統告知維修已經結束了。

「哈羅德。」

聽到這聲呼喚，哈羅德在維修艙中睜開眼睛——艙門立刻開啟，一名熟悉的年輕女性往裡面窺探。看似薄命的面容很適合銀框眼鏡，帶著藍色調的深褐色頭髮四處亂翹，披散在瘦弱的背上。她今天早上肯定也沒有梳頭髮吧。

萊克希．薇洛．卡特博士。

她獨自一人完成了RF型的系統碼，是個機器人開發工程師。

換句話說，她算是哈羅德三兄弟的生母。

「你的診斷結果出爐了。史帝夫的效用函數系統看起來不太正常，但你完全沒問題，程式碼也沒有竄改過的痕跡……總之，需要口頭轉達的大概就這些吧。」

「妳的意思是？」

「敬愛規範很正常，恭喜你。」

她用完全沒有祝賀之意的口氣這麼說道，轉身揚起白袍。她以破舊的運動鞋在地板上踩出嘰嘰聲，一屁股坐在辦公桌上。

倫敦，諾華耶機器人科技公司總公司——這裡位於第一技術大樓特別開發室的維修間，不只散亂的器材，室內也關著冰冷的空氣。油氈鋪成的地板十分潔淨，連一點塵埃都沒有。

「博士，明明證明了自己的『兒子』很正常，妳卻好像不怎麼開心呢。」

「這種早就知道的結果沒什麼好開心的吧。」萊克希一臉無聊，操作著顯示診斷結果的平板電腦。「而且你是知覺犯罪的破案功臣，跟史帝夫不同，根本沒有人覺得你有問題。」

偵破知覺犯罪以後，時間過了約一個月。

伊萊亞斯．泰勒被捕後，史帝夫的存在暗中點出了一個問題。他不只是協助泰勒犯罪，甚至對人類——正確來說是埃緹卡的全像模組，但史帝夫當時並沒有認知到這一點——拔槍相向。

哥哥立刻被移送至諾華耶機器人科技公司的總公司。根據萊克希博士的診斷結果，他的效用函數系統似乎存在嚴重的錯誤——效用函數系統主掌阿米客思的價值觀，是極為重要的器官之一。

「『原因』是伊萊亞斯．泰勒竄改了系統嗎？」

「我覺得那是最簡單易懂的解釋，但安格斯他們還不滿意。RF型的程式碼非常複雜，就算泰勒是個天才，也不見得有足夠的知識能讓史帝夫的系統產生錯誤……總之，大概就是這樣。」

「原來如此。」

「換句話說，目前還在調查原因。」

不論如何，外界認為史帝夫有問題是不爭的事實。

同為RF型的哈羅德被強制送修也是必然的處置。

所幸，自己剛才得到了正常的診斷結果。

「可是啊——」萊克希翻弄起自己的嘴唇。「這只不過是做做樣子罷了。為的是給高層和倫理委員會一個交代……大家真的很喜歡場面話呢。」

「畢竟是重要的程序。」

「我知道。可是老實說，我認為史帝夫也很正常。」

她的態度很固執，讓哈羅德帶著不知該作何反應的心情起身。他拔除連接在頸椎與腰椎上的纜線，並關閉皮膚上的診斷用連接埠。

「對了，博士，史帝夫哥哥目前怎麼樣了？」

「直到查出原因為止，他都得暫停運作。不知道要在分析艙裡面待多久。」

哈羅德踏出維修艙。他脫掉維修用長袍，拿起放在推車上的毛衣穿上。「我在網路上看到那則八卦新聞了。」

「噢，實物在這裡。拿去吧。」

萊克希從桌子取出一份小報，丟給哈羅德——斗大文字構成的聳動標題躍入眼簾。

簡而言之，內容如下：『知覺犯罪嫌疑人泰勒所持有的RF型阿米客思——史帝夫在遭受逮捕時反抗，射殺了一名搜查官』——不久前，哈羅德也有在八卦網站上瞄到類似的報導。重新再讀一次，他就更感到荒謬了。

「簡直是加油添醋。實際上他只有打中全像模組，並沒有殺死任何人。」

「八卦新聞就是這樣啦。就跟搭配司康的濃縮奶油一樣，塗愈多愈好吃。」

「但是妳『只吃』濃縮奶油吧。」哈羅德放下小報。「那起知覺犯罪事件是國際刑事警察組織（INTERPOL）指定為重要機密的案件，如果是相關人士洩漏了情報，就必須接受懲罰。」

「聽說已經被懲罰了，放心吧。對方好像是個機械派的基層搜查官。」萊克希在自己的脖子前做出橫切的手勢。「已經順利滅火了。諾華耶公司和AI倫理委員會發表公開聲明，否認那篇無憑無據的報導，而且不知道是哪裡施加的壓力，報社也刊登了更正啟事。」

「即使如此，仍然不能否認史帝夫的處置有受到那篇報導的影響吧。」

「是啊……就算查明原因、交出最終報告書，他還是出不了總公司的範圍吧。」

哈羅德沉默地繫上皮帶。他一方面同情史帝夫，但另一方面也明白阿米客思必須遵守人類社會的法律，違反規則就必須接受懲罰。他們一旦超出道具的範疇，就只會被視為一種威脅——哥哥沒能理解這一點。

或者是即使理解，仍決定要跨越那條界線。

「哈羅德，如果是你就能幹得更漂亮嗎？」

「……妳在說什麼呢？」

「還是說，你會生我的氣？」萊克希晃動著細長的雙腿。「我把史帝夫放進分析艙之前，他對我說：『妳為什麼要把我做成這個樣子呢？』我猜他應該很生氣吧。」

哈羅德不禁皺起眉頭。

「就算聽到他這麼說，妳應該也沒有任何感覺吧。」

「怎麼會？我很心痛呢。那句話害我整個晚上都睡得好熟喔。」萊克希撫摸著指甲。「我啊，很高興看到你們成長的樣子。光是看著就很有趣。的確，史帝夫是有點可憐……但只要當成不小心走偏的青春期孩子，就會覺得是人生的必經過程了。」

「我們並沒有青春期。」

「你的吐槽有時候會搞錯重點呢。」

哈羅德想說自己是故意的，但又把這句反駁吞回肚子裡——博士對他們ＲＦ型確實表達了關愛。不過，她的感情與人類母親肯定不同。真要比喻的話，就像是觀察白老鼠的感覺。

她確實愛著兒子們。

不過，隔著玻璃容器的愛是沒有溫度的。

「對了。」哈羅德改變話題。「已經找到馬文了嗎？我聽說他也跟我一樣，必須接受維修。」

「很可惜，沒有線索。因為他的定位資訊一直都是關閉的，而且就算我們耐著性子尋找，能分配的員工人數也有限。」萊克希聳了聳肩。「在那場地下拍賣會之後，警察當然也有持續搜索。但也如你所知，已經有好幾年一無所獲……就算現在擴大搜索規模，應該也沒什麼用吧。」

「是嗎……」

哈羅德上次見到馬文，是在六年前離開王室的時候。他們遭到偷竊，經由地下拍賣會而失散——從此以後，哈羅德仍然不知道弟弟在何處漂流，直到今天。就連史帝夫都輾轉落腳在加州了，馬文當然也很有可能早已不在英格蘭。

要找到他簡直是大海撈針。

「要不然就是已經死了吧。」萊克希低聲說道。「如果他還活著，我當然是很高興啦。不過就算找到了，萬一有問題，不是會落得跟史帝夫一樣的下場嗎？畢竟馬文不像你一樣有搜查局當後盾……」

她的這番話幾乎就像自言自語。

維修暫時是順利結束了。達莉雅還在會客廳等待。為了盡快準備好接她，哈羅德披上了大衣。

「對了，你的工作還順利嗎，『搜查官』？」

萊克希這麼開口發問，正好是他們走出第一技術大樓之後——從二樓往入口前進，走下扇狀階梯的途中。圓形大廳的天花板在遙遠的上方，打通的樓層之間掛著螺旋狀的裝置藝術。

「今天的診斷結束，我就能回到工作崗位了。妳也知道吧？」

「當然了。我想問的不是這個，只是聽說了一點小道消息。」萊克希戳著太陽穴。

「那個天才電索官（Diver）不是辭職了嗎？討厭機械的可愛女孩……」

「妳是指冰枝電索官吧。」

「就是她。身為搭檔的冰枝電索官都辭職了，你還要繼續當電索輔助官（Belayer）嗎？」

「我的運算處理能力高過大多數的電索官，所以基本上並不挑搭檔。我目前正在跟隸屬於聖彼得堡分局的其他電索官一起工作。」

入口大廳的整面牆壁都是軟性螢幕，上面有各種人臉不斷淡入又淡出。各式各樣的人種、性別、年齡都有——這些人全都是外表資料的提供者。

諾華耶機器人科技公司為了做出「更像人類」的阿米客思，會使用複雜的方式融合真實人類的容貌。所以為了對提供這些資料的人們表達感謝與敬意，公司才會在這裡展示他們的容貌，讓許多訪客都能看見。

為了將贗品做得像真品，簡直不遺餘力。

「那麼，冰枝電索官什麼時候會回來？」

哈羅德一時停下圍起圍巾的手——她怎麼會知道？

「我知道你一直很執著於尋找殺了索頌刑警的犯人。」萊克希看到哈羅德驚訝的樣子，便露出滿足的笑容。「對你來說，冰枝電索官有可能是破案的捷徑。要不是知道她會回來，你也不會理會那些平庸的電索官。你一定會馬上採取別的手段。」

哈羅德忍住嘆息。因為是生母，萊克希對他的性格與作風瞭如指掌。不過，一舉一動都被看穿的感覺實在不太舒服——哈羅德對自己平時的行為避重就輕，這麼想著。

「冰枝電索官並沒有說她會回來。」

「可是，你做了某些會促使她回來的事吧？」

「我還不知道情況會如何發展。」

「是喔，你很少會這樣呢，竟然說『不知道』。」

哈羅德不禁反芻關於埃緹卡．冰枝的記憶——在聖彼得堡的寒風中搖曳的短髮、略帶凶相的鳳眼、小烏鴉般的漆黑裝扮。

除此之外——

——『那個，謝謝你……哈羅德。』

「因為她……」哈羅德花了一段時間才得出答案。因為他又想起了當時那種坐立難安的心情。「跟大多數人不一樣，有時候會做出我意料不到的舉動。」

「那很好啊，我很感興趣。」

「……妳是什麼意思呢？」

「人都需要不會事事如願的對象……我以前也有這樣的朋友。」

萊克希如此低語的表情有些感傷，與平常難以捉摸的態度相去甚遠——但哈羅德還沒開口回應，便看見達莉雅從會客廳走過來的身影。

「下次有機會的話，讓我跟冰枝電索官見個面吧。一定很有趣。」

剛剛明明才說過她不一定會回來。

哈羅德就這麼與萊克希道別。

那位天才電索官復職的日子是在幾個月後——進入春天的時節。

YOUR FORMA

第一章——被扯下的花瓣

1

簡直就像作了一場惡夢。

埃緹卡此刻就待在倫敦警察廳（蘇格蘭場）的陰暗偵訊室中。眼前是一面熟悉的雙面鏡——另一頭有哈羅德的身影，正坐在冰冷的桌子邊。

他那張端正的側臉冷靜得出奇，甚至到了冷酷的地步。

「我已經給你看過被害人名單了。對你來說，那些都是平常維修時會碰面的人。」

面對哈羅德的女刑警用平板電腦開啟資料。

為什麼？

埃緹卡感到天旋地轉，腦袋無法正常思考。

——為什麼事情會變成這樣？

*

一天前——聖彼得堡。

到了四月下旬，涅瓦河的冰便已經徹底融解，但冬天的氣息仍然揮之不去，暫時還無法告別微陰的天氣與厚重的大衣。

〈現在擁擠度：百分之七十。請慢慢享受購物的樂趣。〉

植入埃緹卡腦中的〈YOUR FORMA〉這麼通知——這縫線般的侵入型混合實境裝置（智慧型絲線）已經長久融入人類的日常生活，成為不可或缺的必需品。

可以直達圈樓站的大型百貨公司是市內規模最大的商場，從日用雜貨到電商網站沒有販賣的俄羅斯土產，幾乎什麼東西都能在這裡買到。雖然買得到——埃緹卡這麼想著，仰望百貨公司的天花板。這棟建築物從十八世紀的俄羅斯帝國時代便沿用至今，所以內部裝潢非常奢華。

有聲音從身旁傳來。

「嗯～～紫色會不會太成熟了呢……」

「剛才那條橄欖石項鍊怎麼樣呢？」

「那條比較適合我嗎？」

「是的，跟妳的眼睛很相襯。因為兩者都是漂亮的綠色。」

「我、我的眼睛才不漂亮呢！一點都不！」

真希望放假時能在家裡睡懶覺。我再也不要為了陪別人觀光而浪費假日了——埃緹卡覺得自己上次這麼發誓好像只是最近的事。

埃緹卡目前在一家飾品店裡。這裡當然不是什麼高級品牌，而是大眾化的平價店鋪。眼前的人是正在認真挑選項鍊的比加，以及提供建議給她的哈羅德——太奇怪了。今天可是星期天，埃緹卡本來打算從早到晚都窩在床上，把先前買來的紙本書看完。

「為什麼我沒有拒絕……」

心聲不小心脫口而出。

埃緹卡直接接到比加的聯絡是今天早上的事。她說自己有事要來聖彼得堡，所以邀請了哈羅德與埃緹卡，三個人一起上街購物——明明可以拒絕，此刻的埃緹卡卻站在彷彿塞滿了幸福假日的百貨公司。

自從偵破知覺犯罪以來，埃緹卡便漸漸失去疏遠他人的理由。

在那之後過了約三個月——國際刑事警察組織將那起案件指定為重要機密。嫌疑人伊萊亞斯·泰勒是開發了YOUR FORMA的跨國科技公司「利格西提」的顧問。若將他的動機與犯案的來龍去脈公諸於世，就會對社會造成極大的影響。考慮到這一點，高層決定隱瞞一切。

同樣地，協助泰勒犯罪的史帝夫目前也是私下接受處分。試圖反抗人類的他正待在倫敦的諾華耶機器人科技公司總公司，為的是調查真正的原因。據哈羅德所說，他似乎正處於強制停止運作的狀態——聽說一時之間，連哈羅德的處分也成了眾矢之的。畢竟他與失控的史帝夫一樣，都屬於ＲＦ型。不過，他同時也是破案的幕後功臣。

諾華耶機器人科技公司與國際ＡＩ倫理委員會、電子犯罪搜查局制定了三方協議。結果，由於哈羅德並沒有異常，便獲准繼續擔任電索輔助官的職務——以上就是埃緹卡從他口中聽說的後續始末。

「決定了，我還是要選這一條。」比加拿起哈羅德推薦的橄欖石項鍊，幸運草的造型十分可愛。「至於給李的禮物，我打算買這個胸針。」

「很好看呢，李一定會喜歡。」

「呵呵。」她露出天真無邪的笑容——然後無意間跟埃緹卡對上了眼。她的臉立刻閃過些許緊張。「啊，呃……埃緹卡小姐，妳已經選好了嗎？」

「咦？」

埃緹卡不禁愣住——今天的比加不像以前一樣對自己視而不見。經過幾次定期報告的交流，原本惡劣的關係多少開始緩和了。埃緹卡這麼認為。

「那個——」比加有些生硬地說。「我應該一開始就說過了，埃緹卡小姐也選一個吧。」

「有嗎？」埃緹卡完全聽漏了。「我不用了……反正也不適合。」

「可是，現在這樣不是好像少了些什麼嗎？」

她伸出食指，指向埃緹卡的胸口——以前這裡還掛著銀色的藥盒鍊墜。自從破案後放下纏，埃緹卡也自然沒有機會配戴那條項鍊了。現在她的胸口空無一物，只有黑色的毛衣空虛地展示著編織的紋路。

那條項鍊本來就不是裝飾品，更像是一種護身符，所以埃緹卡其實並不特別感到不便。

「既然這樣，我幫妳挑一個好了！」不知為何，比加仍然帶著緊張的表情這麼說道。「嗯～～我看看喔……這個怎麼樣？我覺得很有俄羅斯的風格。」

她拿起的飾品是個有點大的俄羅斯娃娃造型項鍊。圓滾滾的眼睛開朗地注視著埃緹卡。

「我不太喜歡這種……」

「那這個呢？」

「咦，這是什麼？日本小芥子……？」

「是雪姑娘（Снегурочка）啦，完全不一樣吧！那這個貓造型的怎麼樣？是不是很可愛？」

「是很可愛啦，但一看到貓就會讓我想到上司，覺得頭很痛。」

「那這個呢？造型就像電子裝置，很有埃緹卡小姐的風格。」

「ＨＳＢ、絕緣單元、全像瀏覽器、虛擬二維碼……我在工作上看膩了。」

「真是的，那就這個！」

「有點太華麗了吧。」

「但如果是造型華麗的項鍊，不是可以稍微遮掩一下嗎？妳看。」

「咦？」

「我是說，那個…………平坦的感覺。」

「…………我會假裝沒聽見。」

「電索官，我也會假裝沒聽見的。」

「你不用特地多嘴！」

更正——自己與比加的關係似乎沒有和緩多少。

結果，比加為了結帳，一個人走向櫃檯。她上次明明從頭到尾都對自己視而不見，為什麼這次表現得特別熱情呢——不論如何，她總算放棄了。

埃緹卡才剛放下心來——

「我想這個應該很適合妳。」

一隻精巧的手從旁伸了過來。放在掌心上的東西是一個高雅的銀色相片鍊墜——哈羅德露出柔和的微笑。今天的他正如前陣子，穿著適合假日的輕鬆服裝，平常會用髮蠟整理過的金髮輕盈地垂墜在前額。

即使已經看習慣了，那張端正無比的臉龐還是令埃緹卡感到有些厭煩。

「我從剛才就一直在想——」埃緹卡把他推薦的項鍊推了回去。「你什麼時候變成這家飾品店的店員阿米客思了？」

「『像客人您這麼可愛的小姐，最適合簡約的設計了。』」

「你要轉職的話，我不會阻止你。」

「怎麼可能。」哈羅德的口氣就像是埃緹卡說了什麼荒唐的話。「妳好不容易回歸，而且還特地搬來這裡呢。」

沒錯——埃緹卡在兩週前才剛從電子犯罪搜查局總部所在的里昂，搬到哈羅德居住的聖彼得堡。搜查局方面似乎想徵召哈羅德到里昂，但他還有達莉雅這位家人，因此雙方彼此妥協，同意將埃緹卡調到聖彼得堡分局，並且繼續接受來自總部的指令。

「在這邊的生活過得如何呢？應該比里昂更適合居住吧？」

「的確很適合居住。都已經四月了還是一樣冷；蔬菜明明很便宜，能量果凍卻很貴。因為貨運無人機常常故障，讓人連網購的欲望都沒了。」

沉默。

「妳好像過得很快樂，我真高興。」

「輔助官，你的眼神在笑。」

「失禮了。」哈羅德輕撫自己的眼瞼。「這裡沒有什麼討妳喜歡的事物嗎？」

埃緹卡當然也不是討厭這裡的一切。「……我喜歡房子的中央暖氣，跟碰巧吃到的冰淇淋（Мороженое）。另外還有城市的風景。」

「那我就安心了。」他放鬆表情，把相片鍊墜掛回架上。「不過……妳真的已經不會想要了吧。」

他指的是項鍊的事。

「你應該也很清楚，只有那個藥盒鍊墜對我來說才有意義。」

「我當然明白……妳還會感到寂寞嗎？」

哈羅德並沒有看著埃緹卡。不過，比往常還要溫柔的聲音道盡了一切——埃緹卡不禁感到尷尬，於是低下了頭。

「……不會。」

「妳的意思是偶爾會吧。」

「請你回應我說出口的話，不要回應我的真心話。」面對他那雙能夠看穿一切的觀察眼，剛才的回答確實不算明智。「那個，的確，我有時候會感到寂寞。可是……真的只有偶爾。」

沒有纏陪伴的寂寞漸漸淡去，自己也不再像以前那麼頻繁地想起父親了——但即使如此，有時候仍會因為一些小事勾起內心的傷痛。腳步因不安而踉蹌的瞬間，姊姊的面容就會浮現在腦海。

要填補心中產生的坑洞，肯定不是一件容易的事。

可是——

「我希望總有一天，自己一個人也能過得很好。是你讓我察覺，我辦得到。」埃緹卡的聲音漸漸愈來愈小。「所以……你不必擔心我。」

自己大概……不，絕對選錯了表達方式，明明只要說一句「不必擔心我」就好了。總覺得，自己好像說了很令人害臊的話。

話說——他怎麼這麼安靜？

「路克拉福特輔助官？」

埃緹卡戰戰兢兢地抬起頭——然後感到傻眼。因為哈羅德完全當機了。他就像上次一樣，擺出嚴肅的表情，一動也不動地盯著埃緹卡。

「你至少也眨個眼睛吧？」

「啊啊……不好意思。」這個瞬間，他眨了好幾次眼睛，看起來就像剛解除石化一樣。「因為妳太老實，讓我驚訝得卡頓了一下。」

他這麼回應。

「我看你是不跟我吵架就會死吧。」

「怎麼會呢？我並沒有那個意思。只不過——」哈羅德不知為何以疲憊的表情重重嘆了一口氣。「算我拜託妳，妳能不能稍微為我的系統著想一下呢？」

「你在說什麼？」

「我希望妳不要做出超乎我預料的行為。妳這樣會讓我的運算變得很困難。」

「是喔。」埃緹卡每次都覺得願意跟這種傢伙說出心裡話的自己真是個笨蛋。「對了，聽說你的敬愛規範已經被證實是正常的了。」

「尊敬人類，乖乖聽人類的命令，絕不攻擊人類」——敬愛規範是所有阿米客思都會搭載的信念。

明明如此——

「輔助官，你什麼時候才要改掉輕視人類的惡習？」

「我打從一開始就沒有輕視人類…………電索官？妳為什麼愣住了？」

「噢，抱歉，因為你的謊說得太明目張膽，讓我不小心『卡頓』了一下。」

「真是可愛的玩笑呢，我並不討厭喔。」

「剛才那不是玩笑，而是諷刺。」

兩人說到這裡，結完帳的比加就走了回來。

他們抵達普爾科沃機場的圓環時，天空已經透出些微的藍天。柔和日光下的拉達紅星深邃的栗紅色車身閃耀著，看起來似乎十分愉快。

「謝謝你們送我過來。」充分享受過購物樂趣的比加珍惜地抱著一個個裝有「戰利品」的紙袋。「我今天玩得很開心！」

「我也是。」哈羅德說道。「妳下次來聖彼得堡的時候，請務必再邀請我。」

「可以嗎？我真的會再找你喔。」

「我不是在說客套話，因為跟妳在一起真的很開心。」

「真、真的嗎？」比加瞬間紅了臉。「……那個，既然這樣，我還會再邀請你。」

幾乎像是要噴出蒸氣似的，她的臉一片通紅——即使已經知道哈羅德的真實身分是阿米客思，比加似乎還是無法克制自己對他的心意。據說人類與阿米客思的情侶確實存在，所以她並不是沒有機會……但看在知道哈羅德本性的埃緹卡眼裡，心情總是有點複雜。

「我想妳應該很忙，請保重身體。」

「最近確實有點忙。復活節才剛結束，這次又有好多馴鹿寶寶出生。」比加這麼說著，和哈羅德互相握手。「哈羅德先生也是，請不要勉強自己。」

然後她有些客氣地也對埃緹卡伸出了手。

「那個……埃緹卡小姐也是，今天謝謝妳在休假時抽空陪我出來。」

「不會……我才要謝謝妳。」

埃緹卡同樣伸出手，笨拙地回握比加的手。她的手又小又溫暖。雖然埃緹卡自認已經稍微習慣這樣的交流，卻總是感到有些不知所措。

「下次見面的時候，就由埃緹卡小姐來決定要去哪裡吧。」比加幾乎別開了臉。

「因為今天好像只有我一個人玩得盡興。」

「——咦？」

「我是說，因為我以前說過很多傷人的話……算了，沒什麼。總之下次再一起出來玩吧，就這樣！」

比加逃也似的放開埃緹卡的手，然後輕輕揮手道別——看著她離去的嬌小身影，埃緹卡總算注意到了。比加今天會邀請自己，應該是為了補償上次的事吧？

如果她心裡感到愧疚的話。

「妳們以後應該能成為朋友吧。」

埃緹卡回過神——哈羅德用溫暖的眼神看了過來。對喔，從他的角度來看，比加邀請埃緹卡的理由肯定是一目了然。

因為自己至今都堅持一個人過活，才會這麼遲鈍——埃緹卡這麼想。

可是——比加如此主動釋出善意，令埃緹卡坦然感到高興。雖然不太會形容，內心有種暖暖的感覺。跟以前相比，自己好像又往前邁進一小步了。

下次見面的時候，自己也稍微努力親近她一點好了。

「輔助官，回到市區之後，你能在隨便一個車站前放我下車嗎？」

「我直接送妳回家吧。妳願意的話，要不要我幫妳整理搬家的行李呢？」

埃緹卡心裡一驚。「……你怎麼知道我還沒整理好行李？」

「按照妳的性格，除了生活必需品以外的行李全都會等到需要的時候再打開。」

「我會自己整理而且我不想讓你踏進家門。感覺被你看過一眼，我的隱私就要四分五裂了。」

「真是太令我心寒了。我再怎麼厲害，也不可能只看過房間就了解對方的一切。頂多只能掌握生長環境、家庭結構和人際關係罷了。」

「豈止四分五裂，簡直是灰飛煙滅。」

「抱歉，我不太懂妳的意思。」

「你的智商可以不要突然降低到掃地機器人的程度嗎？」

這個時候，耳熟的警笛聲劃破了四周的喧囂，逐漸靠近。埃緹卡與哈羅德下意識地回過頭——閃著警示燈的搜查用車正駛入圓環。埃緹卡看著車身上列出的西里爾字母，YOUR FORMA便完成了分析。

那是國際刑事警察組織的國家中央事務局所持有的車輛。

「什麼？發生案件了嗎？」

「不知道，我這邊沒有接到什麼特別的聯絡……」

不久，兩名搜查官下車了。個人資料跳了出來——他們隸屬於國際刑事課，那是主要在國際間負責追捕或引渡嫌疑人的單位。兩人看都不看機場的建築物一眼，竟筆直朝這裡走了過來。

「你是哈羅德．路克拉福特電索輔助官吧？」

「是的，我確實是路克拉福特……」

怎麼回事？埃緹卡一頭霧水，交互望向搜查官與哈羅德。哈羅德本身似乎也無法掌握現在的狀況。

「很高興見到你。」搜查官立刻取出一臺平板電腦，然後把畫面展示在哈羅德面前。「倫敦警察廳要求你到案說明。如果你拒絕，就會被正式列為傷害案的嫌疑人，你想怎麼做？」

埃緹卡和哈羅德不禁面面相覷。

——這到底是怎麼回事？

2

倫敦警察廳——柯蒂斯綠色大樓莊嚴地俯視著泰晤士河。只要往窗外一望，就能將河川對面的摩天輪（倫敦眼）與水族館盡收眼底。鮮紅色雙層巴士駛過下方的道路。由於西敏橋就近在不遠處，附近有許多觀光客來來去去。為了抓住商機，大量的ＭＲ廣告湧入其中。

偵訊室當然隔離在這些熱鬧的世界之外，高密度的寂靜幾乎令人窒息——埃緹卡在雙面鏡前抱著雙臂，瞄了身旁的布朗刑警一眼。他是個有著典型英國人五官的三十多歲男性，個人資料顯示階級為巡官。

他負責偵辦發生在倫敦市內，由哈羅德「犯下」的連續襲擊案。

「已經夠了吧。」埃緹卡盡量冷靜地說道。「布朗刑警，你應該也看過路克拉福特輔助官的記憶了。他在所有犯案時刻都有不在場證明。」

「那跟機憶不同，想怎麼竄改都可以，不值得信任。既然他攻擊了人類，那就更不用說了。」

「輔助官的敬愛規範是正常的，最近諾華耶公司才剛證明過。」

「就算如此，被害人的證詞也全都一致。」

ＲＦ型相關人士連續襲擊案。

倫敦警察廳如此稱呼這次的傷害案。

第一起案件發生在七天前，任職於諾華耶機器人科技公司總公司的工程師在返家途中遭到毆打，受了輕傷。兩天後，另一名工程師也遇襲，因鈍器施暴而骨折住院。不只如此，第三名被害人遭到利刃劃傷，第四名被害人甚至被深深刺傷了腿部——一眼就能看出犯案內容逐漸變本加厲。

每起案件都有兩個共通點。

一、被害人皆隸屬於負責調整ＲＦ型的特別開發室。

二、對於犯人的容貌，所有人一致指認「ＲＦ型」。

基於這些理由，倫敦警察廳透過國際刑事警察組織，要求哈羅德到案說明——所以接獲指令的國際刑事課搜查官才會出現在普爾科沃機場。

但從埃緹卡的角度看來，這簡直是一起莫名其妙的案件，令人有種摸不著頭緒或是作了一場惡夢的感覺。

「這一週內，我每天都跟路克拉福特輔助官一起行動，他根本就不可能犯案。」

布朗仍然堅持己見。「從聖彼得堡到倫敦，搭乘直達航班只需要四個小時左右。他可以在下班後飛到倫敦，然後趕在早上之前回去。」

「他辦不到。就算時間上有可能，他也是阿米客思，一個人根本無法搭飛機。」

「我倒認為很可能有人類從旁協助他，也許是被用於陰謀，或是單獨失控……目前應該把這兩種可能性列入考量。」

這才不是什麼列不列入考量的問題——埃緹卡搓揉著自己的太陽穴。

「說起來，訊問阿米客思本身就是一種荒唐的行為。如果想知道他是否正常，不是應該先送回諾華耶公司，委託他們調查嗎？」

「冰枝電索官，這下我知道妳對英格蘭的文化非常生疏了。」布朗的態度顯然帶有侮辱的意味。「這裡可是阿米客思的誕生之地，他們的人權當然會受到保障。」

英格蘭正是「朋友派」夢寐以求的國度。阿米客思能得到與人類同等的尊重，身為重要的家庭成員，他們的人權受到保障——基於機械保護法，也就是列入英格蘭法律的其中一條項目。許多英國人甚至願意為阿米客思舉辦葬禮，就算是可替代的量產型，對他們來說也是「世上唯一的親人」。由此可見，他們認為阿米客思與人類是平等的。

然而卻也因為如此，才會造成這場不當的偵訊。說什麼人權保障，實在令人笑掉大牙。

布朗繼續說下去。「所以萬一阿米客思引發什麼問題，我們通常會像這樣請他們進偵訊室，就像對待人類一樣進行訊問。只不過……以前來過這裡的都是一些被人類栽贓竊盜罪的流浪阿米客思，傷害案還是第一次。」

雙面鏡的對面——哈羅德正隔著偵訊室的桌子，跟布朗的搭檔女刑警面對面。哈羅德很冷靜地看著她遞出的平板電腦，似乎正在閱讀上面的資料。

「你還記得被害人名單吧。對你來說，那些全都是平常維修時會碰面的人……你對保養自己的工程師有什麼仇恨嗎？」

「請容我重申一次，犯人並不是我。可以請你們信任我剛才提供的記憶嗎？」

「竄改資料並非不可能，對吧？」

在埃緹卡旁邊，布朗刑警用鼻子吐氣，說道：

「他們受到敬愛規範的約束，本來應該很安全才對……」

「既然如此，難道不該認定這件事也是輔助官被誣陷嗎？」埃緹卡實在忍不住用帶刺的語氣說話。「就像人類需要律師，阿米客思也需要能證明其系統正常的工程師。」

「我們當然有考慮那麼做。不過，他是諾華耶公司的客製化機型。假設那則新聞是事實，那裡的工程師就不值得信任。」

「新聞？」

埃緹卡疑惑地皺起眉頭——這個時候，女刑警剛好把報紙放在哈羅德面前。這類舊式報紙印著密密麻麻的英文字，據說到了現在仍深植在英國人民的生活中。

「哈羅德，你看過這篇報導嗎？這是當地很有名的小報。」

【獻給王室的阿米客思竟對人類開槍！】

埃緹卡能看見上面印著粗俗的標題——那是什麼？難不成是指史帝夫的事？

這個時候，埃緹卡總算想起來了。聽說知覺犯罪的搜查人員擅自把史帝夫失控的重要機密賣給了記者。當然，該人員已經受到免職處分。不過，埃緹卡也不知道這份情報的買家是倫敦的小報報社。

這根本稱不上新聞，而是更低俗的八卦。

「這篇文章報導了上上個月有RF型失控，攻擊人類的新聞。史帝夫似乎協助了那個有名的知覺犯罪嫌疑人——伊萊亞斯．泰勒呢。」

「我很遺憾。」哈羅德這麼說道。

「是啊，這篇報導確實很令人遺憾。」

「我指的不是那件事，而是對相信八卦的妳感到失望，刑警。」他擺出有些同情的表情。「妳最近似乎睡得不太好吧？而且對孩子很不耐煩，正接受諮商師的幫助呢。」

等等。埃緹卡簡直想搗住自己的眼睛——他想對人類警察使用「那一招」嗎？

「我就不問你是從哪裡聽來的了。」不出所料，女刑警皺起了眉頭。「請你專心在偵訊上，哈羅德。」

「我很專心。正因為如此，我才會在意妳的狀況。」哈羅德定睛注視女刑警，觀察她的臉。「原因在於妳與搭檔的關係吧？妳似乎抱著很深的煩惱。只要妳不嫌棄，我很樂意傾聽。」

「『搜查官』，我已經聽說過你的獨特之處了。雖然那是很了不起的特質，但現在不需要。」

「我的敬愛規範不允許我見死不救。請務必給我一個安慰妳的機會。」

「…………我心領了。」

女刑警的用詞堅決，態度卻稍微軟化了。而且或許是受到哈羅德熱情的視線影響，她的臉頰有點紅——埃緹卡仰天嘆息。這傢伙到底在想什麼？對方可是有配偶的刑警啊，攏絡她要做什麼？

布朗刑警一臉嚴肅地低聲說道：

「他顯然很不正常。」

遺憾的是，他很正常。

「回到原本的話題。」女刑警清了清喉嚨。「諾華耶公司否認了這篇報導，但他們也承認為了這次的搜查，史帝夫處於強制停止運作的狀態。聽說他正待在分析艙裡。」

埃緹卡立刻按下牆上的麥克風開關，介入他們的對話。「此事會牴觸國際刑事警察組織的重要機密案件，所以我們不能透露詳情。」

「……那真是太遺憾了，冰枝電索官。」

女刑警隔著鏡子投射不滿的視線——不過，他們沒有道理與倫敦警察廳分享情報，而且埃緹卡本來就無權決定這種事。

「我想說的是——」她重新這麼說道。「史帝夫目前停止運作，另一個人——馬文則長年下落不明，很有可能早已故障……簡而言之，不論有什麼動機，這起案件中最有可能襲擊被害人的凶手就是你了，哈羅德。」

而倫敦警察廳是這麼認為的——女刑警補充說道。

「既然會連續發生如此相似的案件……是否代表你們RF型有著某種『缺陷』？」

她的說法太直接，而且帶有侮辱意味。

「布朗刑警。」埃緹卡忍無可忍，瞪著他說道。「我是不知道那份小報內容寫得有多麼趣味橫生，但你們好歹也是警察機關的人，如此輕信八卦豈不是太愚蠢了嗎？」

「那個消息連BBC都曾經報導過，不能說是毫無可信度。」

英國廣播公司（BBC）——埃緹卡開始感到頭痛了。史帝夫確實曾企圖殺害身為人類的自己，但關於造成此行為的錯誤，據說諾華耶公司已經找出了原因。就算將同機型的哈羅德視為危險人物是很正常的擔憂，襲擊案本身還是子虛烏有的指控。

「我們應該假設他本身已經被改造了。」布朗刑警依舊冷靜。他的冷靜讓埃緹卡更加焦躁。「如果哈羅德有共犯，而且是阿米客思的程式設計師之類的人，要讓他失控應該很容易。」

「那就更應該請諾華耶公司……」

「我們打算把哈羅德送往直屬於倫理委員會的分析研究機構，進行詳細的調查。」

「分析研究機構？」埃緹卡啞口無言。「你的意思是諾華耶公司同意了嗎？」

「這可是辦案的一環，就算對方拒絕，我們也能強制執行。」

開什麼玩笑？哈羅德是清白的。

「他是隸屬於電子犯罪搜查局（我們組織）的阿米客思。」埃緹卡持續爭論。「如果你們願意，是否需要我們以共同辦案的名義派遣電索官？只要對遇襲的被害人進行電索，輔助官有沒有涉案就能立刻真相大白了。」

「我很感謝妳的提議，但電子犯罪搜查局不就是哈羅德的『同伴』嗎？從妳的態度看來，我們也無法信任。」這個理由太有道理，讓埃緹卡無話可說。「小姐，我知道妳不想接受現實，但再繼續鬧下去只會顯得很難看。」

說完，布朗便不再搭理埃緹卡。他大概覺得不過是個小丫頭正在大呼小叫吧——不論如何，再這樣下去，事情會愈來愈棘手。萬一哈羅德被送往分析研究機構，我方就無法出手了。

埃緹卡抱頭苦惱。啊啊，真是的，事情到底為什麼會變成這樣？

就算世界顛倒，他也不可能是犯人。

無論如何都必須證明這一點。

哈羅德的偵訊直到最後，雙方仍然沒有交集。他們打算明天一大早再繼續偵訊，實在令人敬佩——當然了，這是一種諷刺。

走出偵訊室的埃緹卡不掩飾自己的煩躁，搭上電梯。她粗魯地按下面板，往一樓前進——現在的心情讓埃緹卡想要狠吸電子菸。自從開始戒菸以後，她已經很久沒有產生這麼強烈的衝動了。

〈皮質醇的分泌量正在增加。需要為您介紹放鬆心靈的音樂嗎？〉

最近安裝的YOUR FORMA健康管理應用程式這麼說道。它比想像中還要煩人，差不多該解除安裝了——埃緹卡拒絕了應用程式的提議，這才發現自己的手早已在無意間放到胸口處。

胸前已經沒有藥盒鍊墜。

沒事的，冷靜下來，還有方法可想。

埃緹卡一面安撫自己一面走出電梯。

她直接走入招待訪客的會客廳。一名女性獨自坐在整齊排列的沙發上。她是個有著栗色頭髮與深邃五官的俄羅斯人——〈**達莉雅・羅曼諾芙娜・車諾瓦**〉。她是哈羅德的持有者，也是他唯一的家人。

這次，由於哈羅德被帶往倫敦，達莉雅也陪他一起來了。

「冰枝小姐。」達莉雅起身，臉頰比平常還蒼白。「偵訊結束了吧？哈羅德呢？」

這句話讓埃緹卡不得不面對自己的無能為力——如果能帶好消息給她就好了。

「對不起，因為負責偵辦的刑警態度強硬……目前他恐怕還無法獲釋。可是，這很明顯是冤罪，我也會盡快想辦法處理的——」

埃緹卡說到一半，不禁停頓下來。因為達莉雅轉眼間纖瘦的肩膀便開始顫抖，低下了頭。她幾乎就要崩潰——埃緹卡不假思索地握起她的手。自己竟然能做出這樣的舉動，埃緹卡感到有些驚訝。

她纖細的手因緊張而冒汗，摸起來很冰冷。

「那個——」埃緹卡無法立刻說出什麼適當的安慰。「我幫妳準備一點喝的吧。」

「不，沒關係……抱歉，我真沒用。」達莉雅輕輕解開埃緹卡的手，無助地握緊指尖。「真糟糕……遇到這種情況，我就會忍不住想起索頌那時候的事。」

對於索頌刑警的名字，埃緹卡的印象很深刻——索頌是達莉雅的亡夫，還收留了過去淪為流浪阿米客思的哈羅德，是他的恩人。索頌大約在兩年前被捲入聖彼得堡發生的朋友派連續殺人案「聖彼得堡的惡夢」，遭到虐殺。

哈羅德應該仍在追查殺害索頌的犯人。

「我……好害怕。」達莉雅露出自嘲的微笑。「理所當然的日常生活，有時候不是說變就變嗎？就像吹熄蠟燭的火苗一樣……突然離開。」

「達莉雅小姐。」

「如果不能洗清嫌疑，哈羅德他……就要停止運作了嗎？」

半永久式的強制停止運作——光是稍微想到這個可能性，埃緹卡便感到毛骨悚然。

「我不會讓那種事發生的。他對電子犯罪搜查局來說也是很重要的輔助官，我一定會證明他的清白。」

「謝謝妳。」達莉雅幾乎要哭出來。「萬事拜託了。」

「我還要再多留一陣子，達莉雅小姐妳就先回飯店吧……」

「那個，不好意思。」

有人從旁出聲搭話了——一名男性正好出現在會客廳。他有一頭罕見的紅髮，長相平凡卻給人溫和的印象。YOUR FORMA開啟了個人資料。

〈彼得・安格斯。三十六歲。諾華耶機器人科技公司總公司開發研究部，特別開發室副室長……〉

他隸屬於這次被捲入案件的開發室，是負責維修ＲＦ型的其中一人。

「噢，果然是達莉雅小姐沒錯。」

「安格斯副室長。」達莉雅驚訝地睜大眼睛。「你怎麼會在這裡呢？」

原來如此——布朗刑警並不信任諾華耶機器人科技公司，即使如此，特別開發室的人仍然來到了這裡。也就是說，諾華耶公司聽說了哈羅德的事，所以單方面派人過來。

不出所料，安格斯一臉困擾，搔了搔後頸。「因為哈羅德的事，我們公司也接到了聯絡。我原本想來進行敬愛規範的簡易檢查，但倫敦警察廳完全不願意溝通，所以我正要打道回府。」

無意間，安格斯與埃緹卡四目相交。

「啊，安格斯副室長，這位是電子犯罪搜查局的埃緹卡・冰枝小姐。」

多虧有達莉雅的簡單介紹，埃緹卡才不至於失禮——她差點又在自我介紹之前向對方搭話了。閱覽個人資料是搜查人員的特權，所以總是容易忽視禮節。

「妳就是冰枝電索官嗎？久仰大名了。」安格斯露出社交式的微笑。「哈羅德有跟我提過妳，博士也很想見妳一面呢。」

博士？

埃緹卡正頻頻眨眼的時候，達莉雅與安格斯繼續說下去。

「達莉雅小姐，妳要回飯店的話，我送妳一程吧。我正好有開車來。」

「是的，那真是幫了大忙……但你方便嗎？」

達莉雅原本表現出客氣的態度，最後似乎還是決定請安格斯送自己一程。埃緹卡也放心了，因為讓現在這種狀態的她獨自離開難免令人有些擔心。

目送兩人離去之後，埃緹卡馬上返回電梯。

為了達莉雅，一定要盡快想辦法處理這種荒謬的狀況。

『就像吹熄蠟燭的火苗一樣……突然離開。』

到了現在這一刻，埃緹卡覺得自己終於能夠鮮明地想像她所受的傷究竟有多深。

偵訊室的入口有個警衛阿米客思正老老實實地看守。埃緹卡一靠近，他便透過IoT連線，從廳內的訪客資料中比對了埃緹卡的身分。警衛阿米客思馬上開啟入口的門——哈羅德還在裡面，他獨自坐在空無一人的桌子前。

「啊，電索官。」

他一看到埃緹卡的身影，就連在這種時候都以秀氣的面容露出微笑。這是埃緹卡今天第一次見到他笑——心裡沒來由地鬆了口氣，一定是因為有點累了吧。

「我正在等布朗刑警。他回來之後，就要將我移送到拘留所了。」

「倫敦警察廳真應該重新學學到案說明的定義。」埃緹卡無法掩飾自己的不悅。「你明明有不在場證明，布朗刑警他們卻完全聽不進去。就連諾華耶公司的工程師來拜訪都吃了閉門羹，真是太離譜了。」

「點到為止吧。」

哈羅德瞄了一眼天花板——那裡裝著具備錄音功能的監視攝影機。不過，這點抱怨還不到會被問罪的程度。就算他們真的正受到監視，負責看守的人也是警衛阿米客思。

「我剛剛請達莉雅小姐先回飯店了。」

「她的狀況如何？」

「大受打擊。諾華耶公司的安格斯副室長剛好在場，送她回去了。」

「他也來了嗎……我很抱歉，順利的話，我現在應該已經獲釋了。」哈羅德嘆了打從心底感到厭煩的一口氣。「我本來打算討好那位女刑警，然後證明自己的清白。不過，搜查人員的心防果然很難突破呢。」

埃緹卡回想起剛才的事，不禁感到虛脫。

「輔助官，你也應該顧慮一下攝影機吧。」

他根本不以為意。「她看穿了我的口是心非。」

「想也知道，那種謊話連我都能看穿。」

「怎麼可能，妳會受騙吧？」

「你到底把我當成什麼了？」

「如果這裡不是偵訊室——」他這麼說著，環顧室內。「應該還有更好的方法。根據我的猜測，例如……」

「別說了我不想聽。」

「我還沒說出多麼野蠻的話呢。」

「『還沒』是吧。總而言之——」埃緹卡輕輕靠在桌子邊。「等一下我打算跟十時課長商量你的事。我會拜託她想辦法，所以你不要再做什麼多餘的事了。」

「我明白了，我會安分一點。」哈羅德用非常真誠的表情點點頭。「電索官，請妳也別太不安了。」

「我才沒有不安。」

「妳正在用手指摩擦手心，那是感到不安的時候會做出的舉動。」經他這麼一說，埃緹卡才察覺到自己的舉動。「妳不必逞強。遇到超出理解範圍的事，會動搖也是很正常的。」

真是夠了不要看穿我。埃緹卡抓亂自己的頭髮——這時無意間跟映在雙面鏡中的自己對上了眼。煩躁、疲勞與焦慮混合在一起，形成一張相當悲慘的臉。

振作一點，妳好歹也是一名搜查官吧？

埃緹卡拍打自己的臉頰，努力轉換心情。

「……輔助官，你之所以這麼冷靜，是因為已經知道這起案件的犯人是誰了嗎？」

「我其實也不冷靜。」他非常沉穩地答道。雖然怎麼看都很冷靜，但哈羅德是阿米客思，相較於人類，他或許能夠更輕易地控制感情。「很遺憾，要在這種狀況下推測出犯人是很困難的。情報實在太少了。」

「犯人的外貌跟你一模一樣，選擇在監視無人機不會通過的地點犯案，時段是深夜，被害人都是RF型相關人士……」埃緹卡喃喃唸出目前已知的情報。「如果想得單純一點，犯人不是下落不明的馬文，就是認識特別開發室的那些被害人，而且對他們懷恨在心的人。從犯人熟悉當地無人機的行經路線來看，對方應該住在倫敦。可是，沒有變裝的可能性嗎？」

「是的。因為沒有留下紀錄，我也無法斷言，但就算真的是變裝，要讓四名被害人都將犯人誤認為RF型，恐怕很困難。」哈羅德也罕見地皺起眉頭。「布朗刑警似乎也有考慮到對方可能是仿造我外型的阿米客思，但能夠製造的地點很有限。那會是一項大工程，難以避人耳目。」

其他方法就只剩上次的全像模組了，但這個可能性也應該排除。利格西堤正在開發的投影型全像模組也有被用於知覺犯罪，埃緹卡記憶猶新——不過，那並非流通於民間的技術。而且全像模組並沒有實體，與施暴的犯案手法互相矛盾。這個選項可以先刪除了。

「下落不明的馬文仍然活著，而且犯下這起案件的機率有多少？」

「姑且不論零件，我們的循環液是以量產型阿米客思為準。如果在某個修理工廠以假的型號接受維修，他確實有可能到了今天還在運作……」

「就算如此，也沒有理由造假？」

「就我所見沒有。另一點讓我在意的是，這起案件完全沒有被報導出來。」

「你在意這種事？我倒覺得倫敦警察廳徹底封鎖情報是理所當然的。」

不論真相如何，警方目前認為犯人是哈羅德——也就是阿米客思。萬一阿米客思攻擊人類的消息傳出去，再加上一度傳得沸沸揚揚的那則八卦，以機器人為基礎的社會結構就很有可能受到極大的影響。身為公家機關的警察廳並不樂見這種情況發生。

「不過，如果犯人的目的是媒體的大幅報導……對阿米客思社會表達抗議等等，那麼今後或許還會採取更加激進的手段。」

「實際上，犯案手法確實是變本加厲。」埃緹卡咬牙。接下來，受害情形想必還會再擴大。「我們當然應該盡快破案，但現在最重要的是讓你獲釋——」

「哈羅德！」

突然間，有人連敲都沒敲就推開了入口的門。埃緹卡與哈羅德驚訝地抬起頭——是布朗刑警。埃緹卡原以為他是來帶哈羅德前往拘留所，但他的表情很緊繃，看起來不太對勁。

「布朗刑警？你怎……」

「他一直待在這裡嗎？」

他激動地這麼問道，讓埃緹卡一時沒反應過來。「咦？」

YOUR FORMA

「我在問妳，冰枝電索官，哈羅德一直都在這裡嗎？」

「我一直在。」回答的人是哈羅德。他再次瞥了一眼天花板上的監視攝影機。「如果你不相信，請調查那裡的紀錄吧。我遵守你的吩咐，一步也沒踏出這個房間。」

「好吧。啊啊，原來是這樣，不，可惡……」

他是怎麼了？埃緹卡一頭霧水。「到底發生什麼事了，刑警？」

「『被擺了一道』。」

這句話就像開始熔化的鉛，一滴一滴落到地板上。

不會吧——埃緹卡的背脊竄過一股難以形容的感覺。

「我們剛剛接到聯絡，又發生襲擊案了。」布朗乾燥的嘴脣看起來動得非常緩慢。

「那個……遇襲的人是哈羅德的持有者，那個俄羅斯人——」

觸感在掌心復甦。

剛剛握緊的那纖瘦的手，冒著汗的冰冷觸感。

——達莉雅。

在忘了呼吸的埃緹卡身旁，哈羅德站了起來。

3

深夜的醫院瀰漫著獨特的氛圍，太過潔白的空間彷彿與世隔絕，靜得出奇。只能在宇宙中隨波逐流的太空船裡面，肯定也充滿著這樣的寂靜吧。

收治達莉雅的醫院是面向倫敦橋的綜合醫療中心。

『這還真是諷刺，竟然是因為持有者遇襲，輔助官的嫌疑才終於洗清。』

「正確來說還沒有完全洗清，布朗刑警也還在懷疑路克拉福特輔助官有共犯的可能性，只不過是沒有理由繼續拘留他而已……」

埃緹卡一個人在院內的電話亭打全像電話。她坐在塑膠製的廉價椅子上，與憂．十時上級搜查官的全像模組面對面——十時在電子犯罪搜查局總部領導電索課，是埃緹卡的上司。灰色西裝與筆直垂到腰部的馬尾襯托她那銳利的五官。

『所以，達莉雅小姐身受重傷吧？』

「……是的，目前還在手術中。」

埃緹卡重新憶起剛才發生的事——接獲布朗刑警的通知以後，埃緹卡與哈羅德一起趕往綜合醫療中心。多虧倫敦警察廳迅速傳遞資訊，他們剛好與達莉雅搭乘的救護車同時抵達。

YOUR FORMA

擔架床帶著刺耳的聲音下車的時候，埃緹卡不記得自己是怎麼呼吸的。躺在上面的達莉雅面色枯黃，救護隊員努力按壓著她的腹部——擔架床逐漸被推走。率先追上去的人是哈羅德。自己就像是單純的機械，茫然地跟著他走。

「達莉雅！」哈羅德呼喚的聲音聽起來很無助。「達莉雅，妳聽得見嗎！」

眼神空洞的她眼瞼顫了一下，泛紫的嘴唇吸食著空氣。快速奔馳的擔架床發出吵雜的聲音，幾乎蓋過她吐出的字句。

但達莉雅確實是這麼說的——

「電索我。」

說完這句話，她便像斷了線的人偶，閉上眼睛。

「她必須直接進手術室。」救護隊員很快地說道。「家屬請在這裡等待。」

於是，哈羅德與埃緹卡不得不放開擔架床——他們只能無力地望著不斷遠去的達莉雅。

這種事情根本就不該發生。

『冷靜點，冰枝。控制一下發抖的聲音。』

埃緹卡連忙清了喉嚨，儘管聽起來有些笨拙。實際上，這是她第一次體會親近的人被捲入案件的感覺，怎麼也無法掩飾內心的動搖。

「課長，我想妳應該已經猜到我要拜託什麼事了。」

『我當然很清楚，妳不用再多說了。』十時的表情仍然不苟言笑，但這份冷靜讓現在的埃緹卡不勝感激。『話說，輔助官呢？』

「他正在等達莉雅小姐的手術結束。」

『……這樣啊。』她伸手按住眉心。『冰枝，這段時間很難熬，但我們還是專心在「會議」上吧。』

＊

幾分鐘後，與會成員聚集在電話亭——算不上寬敞的亭內追加了會議桌的全像。繼十時與埃緹卡之後，出席的人有諾華耶機器人科技公司特別開發室的安格斯副室長、倫敦警察廳的海格助理廳長，以及——

『我們認為既然發生了這樣的事件，就應該立刻停止運用ＲＦ型。』

國際ＡＩ倫理委員會的最高指導者——塔爾伯特委員長。

『我們確實審查了ＲＦ型的企劃書，並核准製造。但既然問題發生得如此頻繁，那就另當別論了。停止運用是國際ＡＩ倫理委員會（ＩＡＥＣ）的全體意見。』

以全像模組出席的塔爾伯特是個將混著白髮的頭髮剃得很短的初老男性，上唇的鬍鬚整理成頗有格調的山形，額頭上刻著好幾道縱向皺紋，散發著有些刻薄的氣息。

國際ＡＩ倫理委員會。

以人工智慧為基礎的現代社會之中，審查並監視其生產過程與流通網的國際組織是不可或缺的。各國皆設有倫理委員會的監察機構，所有機器人都必須通過他們的審查，獲得核准後才能流通到市面上。反過來說，如果沒有申請審查便販售機器人，就會因為明確違反國際法而成為制裁的對象。

保障機器人社會的安全——這就是國際ＡＩ倫理委員會的職責。

史帝夫失控一案發生後，倫理委員會原本贊成繼續運用哈羅德。

然而，這次的事件似乎大幅改變了他們的態度。

『十時搜查官，我們要求妳直接對哈羅德．路克拉福特執行停止運作的處分。』

『請恕我拒絕。』十時這麼回答。『關於哈羅德的安全性，諾華耶公司已經再三證明過了，況且他還有不在場證明。我們不能只因為莫須有的罪名，就放棄對搜查局而言不可或缺的一分子。』

『我同樣反對。』

發言的人是安格斯副室長——這名看起來溫厚老實的紅髮男子，就是將達莉雅送回飯店的人。他現在或許很緊張，表情顯然很僵硬。

『塔爾伯特委員長，敝公司遇襲的工程師確實都指認ＲＦ型為犯人，但還沒確定是否真是如此。讓哈羅德停止運作還言之過早。』

『被害人的證詞不會錯。』海格助理廳長用標準的發音說道。『即使犯人不是哈羅德，接著浮上檯面的就是馬文。他目前仍然下落不明吧？』

埃緹卡聽著四個人的對話，在桌子的一角緊抓自己的膝蓋——得知案件的概要時，她就料到事情遲早會變成這樣了。

但是，某種超乎理智的感情猛然湧現。

明明不該挑達莉雅命在旦夕的時候開這種會議的。

『安格斯副室長。』塔爾伯特委員長擺出嚴厲的表情。『關於史帝夫失控，我們還沒有收到最終報告書。不過，據說你們已經大致掌握到原因了？』

『原因在於效用函數系統的錯誤。只不過，我們尚不清楚究竟是經過什麼樣的程序才引發問題，目前仍在調查中……』

『總而言之，不論犯人是哈羅德還是馬文，難道不應該認定ＲＦ型本身有著某種缺陷嗎？』

埃緹卡仍然保持沉默，靜靜地感到氣憤——不只是那個女刑警，連這個委員長都說出同樣的話嗎？

『他是正常的。』安格斯柔和地反駁。『RF型的企劃書通過了委員會的審查。如果有缺陷，應該在那個階段就會被擋下來。』

『那當然。我的意思是，你們是不是忽略了什麼可能會產生缺陷的漏洞？』委員長投射冷淡的眼神。『那東西叫什麼來著？次世代型泛用人工智慧。既然是新型，就算基於前所未見的理由引發失控也不奇怪。』

『委員長是這個意思嗎？因為採用了過去不可能實現的錯綜複雜的程式碼，才使得程式碼因為意料之外的因素而變化，最後導致敬愛規範失效？』

塔爾伯特就像是要掩飾自己的膚淺發言，清了清喉嚨。『阿米客思會自己思考再採取行動。既然是次世代型，也有可能產生那種難以預期的錯誤吧。』

『很遺憾。』安格斯看似正在努力保持溫和的口氣。『委員長，這就是英格蘭人的壞習慣。我們自認是比任何國家的人都還要友善的朋友派，換句話說，我們習慣以非常強烈的擬人觀來看待阿米客思。』

『他們不過是稍微單純了點，幾乎與人類沒有兩樣。』

『從言行舉止看來是如此。但是，阿米客思的思考只是表面上的行為，他們確實有自己的想法，但最多只到思考前幾步的「判斷」為止。請問您聽過「中文房間」嗎？』

「中文房間」是哲學家約翰・希爾勒提出的思想實驗——安格斯這麼說道。

假設有個只看得懂英文字母的英國人被關在某個小房間內，有人從外面把一張紙條遞了進去。紙上用中文寫著一個問題，但英國人當然看不懂，這些文字對他來說就只是單純的符號。

『不過，小房間裡面有一本說明手冊。英國人從手冊中找出了與紙上相同的問題，以及對應該問題的答案，然後寫在紙上交給外頭的中國人。』

到了這個階段，英國人仍然看不懂中文，他只是用臨摹的方式寫下相同的符號。

『但對拿到這張紙條的中國人來說，紙上寫的正是完美的答案。所以，他覺得小房間裡的人跟自己一樣，都是看得懂中文的人。他會認為雙方的對話是成立的。』

『……意思是表面上看似如此，而我們都誤會了？』

『是的。我們只不過是因為擬人觀，才會從阿米客思身上看出人性。』

『即使像RF型屬於次世代型泛用人工智慧也一樣嗎？』

『沒錯。若非如此，就無法保證其安全性了。』

埃緹卡感到困惑——如果是量產型阿米客思，這麼說明或許有道理。但按照安格斯的說法，就連屬於次世代型泛用人工智慧的哈羅德也只是「表面上看似有在思考」。

剛認識他的時候，埃緹卡確實也這麼想。她認為哈羅德的感情與思想都只是程式，一切不過是空虛的假象。

不過，現在不同了。

——『如果能夠抓到殺害索頌的犯人，我打算親手制裁他。』

如果他的思想只是假象，那句話究竟是怎麼回事？難道那也只是體現「人性」的手段？因為重視的人遇害，他只是模仿人類，對奪走性命的犯人表現出憎恨的態度嗎？

『——他們自行改寫程式碼而失控的可能性，不過是許多虛構作品所想像出來的故事。』安格斯的聲音把埃緹卡拉回現實。『根據阿米客思的製造規定，原本就禁止在小房間裡的說明手冊中記載「攻擊人類」的項目。』

『換句話說——』十時開口說道。『他們也不會因為看了重大刑案的報導或有暴力情節的電影，就學會攻擊人類的行為吧？』

『如果他們辦得到，現今的社會就不成立了。「攻擊」的概念當然存在於他們的知識中，但這也不等於實際的攻擊行為。我們就算看到金屬，也不會「想吃」吧？阿米客思也一樣，就算看到暴力相關的事物也不會產生「想要攻擊」的念頭。他們原本就「不是被設計成那個樣子的」。』

『所以，他們並沒有自行改寫程式碼而失控的危險？』

『是的。如果有原因，恐怕就跟史帝夫相同，在於效用函數系統的錯誤……也就是人為改造。RF型所使用的系統碼是相當難解的類型，但也無法斷定不可能改造。如果有共犯，對方或許是程式設計師。

『即使如此，路克拉福特輔助官也是正常的。所以他不是犯人。』

『十時搜查官。』塔爾伯特委員長用責備的語氣喚道。『不管怎麼想，妳堅決袒護的哈羅德都是不定時炸彈。他確實很優秀，但妳也太過盲目了。下次可不會像那份小報一樣輕易了事。』

『請不要拐彎抹角了，您究竟想說什麼呢？』

『電子犯罪搜查局應該訂製安全性更有保障的新型阿米客思吧？』

——咦？

埃緹卡不禁停止眨眼。這個男人突然在說些什麼啊？

『簡單來說，你們只要讓那位天才電索官能順利進行搜查就行了。那麼，與其執著於或許有缺陷的RF型，投資訂做安全的阿米客思還比較務實。』

『恕我失禮，這個提議並不實際。』安格斯副室長反駁道。『要做出RF型如此高規格的阿米客思會花上不少時間，而且問題不只是龐大的花費……』

『我們倫理委員會原本就反對持續運用哈羅德。偵破知覺犯罪的阿米客思與失控的史帝夫竟然是同型，對社會大眾根本無法交代。』

『這一點我們已經十分清楚了。』十時冷冷地回應。『搜查局至今都審慎管理情報，從來沒有引發醜聞。』

她說得沒錯。埃緹卡頻頻點頭，但委員長不以為然——啊啊，可惡。真想立刻敲打桌子，插嘴反駁。這場愚蠢的討論究竟有什麼意義？

『搜查官，妳能保證今後也不會出問題嗎？那東西太引人注目，光是臉就……』

『那張臉是最投我所好的部位，可以請你不要說三道四嗎？』

突然間，空著的座位顯示出新的全像模組——是個身材高挑的年輕女性。一頭偏藍的深褐色頭髮四處亂翹，眼鏡後方有一對細長的眼睛，就像囚禁著黑夜般深不見底。

令人不禁目不轉睛地看著她——她是誰？

『不好意思遲到了。』她光明正大地蹺起纖長的腿，甚至連身上那套滿是皺褶的白袍都顯得瑕不掩瑜。『才剛抵達就聽到自己的作品被批評，感覺實在不太好耶。』

埃緹卡開始確認全像電話會議的參加者名單——以新成員的名字查詢使用者資料庫，然後直接挖出個人資料。

〈萊克希・薇洛・卡特。二十九歲。機器人開發工程師，持有機器人工學博士學位。諾華耶機器人科技公司總公司開發研究部，特別開發室室長。〉

以下洋洋灑灑地列出了她的無數事蹟。十八歲便從劍橋大學艾爾芬斯頓學院畢業。

在美國人工智慧協會（AAAI）主辦的國際人工智慧會議，連續三年獲頒獎項。其中最引人注目的是——

〈次世代型泛用人工智慧「RF型」開發團隊主任。年僅十九歲便獨自完成RF型的系統碼。〉

對了，現在為了決定RF型的處置，正召開重要的會議。室長未出席明明是很奇怪的事，為何自己一開始沒有察覺呢？

埃緹卡不禁仔細凝視著她。

換句話說——這個人就是哈羅德他們的「母親」。

『卡特博士。』塔爾伯特委員長瞪著她。『妳遲到了二十分鐘，好好反省吧。』

『因為是緊急召開的會議嘛，饒了我吧。』萊克希毫無歉意。『委員長，你的鬍子還是一樣迷人呢。噢，你好，助理廳長，初次見面。你們家的布朗刑警應該需要重新教育一下吧？』

『妳也是。』塔爾伯特不屑地說道。『妳真該反省一下引人非議的自己。妳看過網路上的評論嗎？光是反對妳的人就能組成一支軍隊了。』

『很遺憾，我受到的傷害就跟影子被踩到差不多。』

『聽說製作RF型的時候，開發團隊內部也鬧得烏煙瘴氣嘛。團隊解散之後還遭到告發的主任，妳大概是史上頭一例吧。』

『那是夾帶私人恩怨的不實指控。竟然把那麼久以前的舊帳說得像是昨天發生的事，看來人上了年紀真的會度年如日呢。』

『博士。』安格斯副室長呻吟道。『請收斂一點，算我拜託妳了。』

埃緹卡從來沒想像過RF型的開發者是什麼樣子。雖然從來沒想像過，但——絕對「不像這樣」。至少她可以斷言這完全超出了預料的範圍。

『回到正題。』塔爾伯特委員長稍微拉高音調。『我要重申，電子犯罪搜查局應該放棄哈羅德，訂製規格與RF型同等的新型阿米客思。』

『所以，要找誰來做？』

『……卡特博士，我現在沒有徵求妳的意見。』

『至少我敢說你所謂的高規格新型阿米客思，肯定只有我做得出來。而且，我可完全不打算製作那麼厲害的阿米客思。』

『委員長，請為這場原地打轉的會議做出結論吧。』海格助理廳長一臉厭煩地抱起雙臂。『不論如何，我們倫敦警察廳會從明天開始擴大搜索馬文的規模。』

『他的定位資訊已經斷了六年之久。』安格斯副室長說道。『我們應該假設他已經在某處故障了。當然了，我們目前還沒發現他的屍體……』

『再加上哈羅德有共犯的可能性依然不能完全排除。尚未找出犯人的期間，我想要求電子犯罪搜查局停止運用他。』

到了這個節骨眼，還是要這麼說嗎——埃緹卡忍無可忍，於是站了起來。所有人的視線集中到她身上，但她不在乎。

自己反而應該一開始就勇於發言，而不是等待機會。

「身為路克拉福特輔助官的搭檔，我堅決反對。」埃緹卡明確地說道。「如果沒有他在，我就無法安全地進行電索。這對電子犯罪搜查局整體而言是一種損失。助理廳長的說法等於直接干涉了搜查局的運作。」

海格助理廳長皺起眉頭。『看來這位天才電索官有些過於自負了。』

「一點也沒錯。」埃緹卡沒有退縮。「事實上，我的說法並沒有誇大。」

『冰枝電索官的主張很有道理。』十時表達支持。『海格助理廳長，如果您要妨礙我們執行勤務，我們也會採取相應的措施。』

『妳們簡直是瘋了。』

「隨您怎麼說。」

如果就這麼接受停止運用哈羅德的處分，結果會如何？那樣等於是給ＲＦ型按上有缺陷的烙印。如此一來，下場不只是造成電子犯罪搜查局的不便，對他灌注親情的達莉雅究竟會受到多少傷害？

而且，埃緹卡自己——也需要哈羅德。

為了電索嗎？

應該不只如此。

「助理廳長。」埃緹卡注視著海格。「我會負起責任，監督路克拉福特輔助官。所以請您暫時保留處分他的決定。」

『妳認為我會允許嗎？』

『就算您不允許也無所謂。』十時仍然保持冷酷的態度。『各位沒能找出的犯罪線索，我們可以馬上找到。這樣就夠了吧？』

海格助理廳長的臉色稍微發白的同時，塔爾伯特委員長皺起眉頭。安格斯副室長目瞪口呆，萊克希博士則露出笑容。

知覺犯罪當時，埃緹卡多虧有哈羅德的幫助才能放下姊姊的幻影。

既然如此，她也想反過來幫助哈羅德。

最重要的是，自己是他的搭檔。

「——我會代替倫敦警察廳，偵破ＲＦ型相關人士襲擊案。」

*

還記得索頌下葬那天，天空下著小雨，墓園飄著青草的氣息。

俄羅斯的墓碑普遍會在花崗岩上雕刻故人的容貌。表情嚴肅的死者們偷偷地看著我們——哈羅德曾想過為什麼人類要做出這麼荒唐的事，明明一看到已逝之人的模樣就肯定會感到悲傷，為什麼還想把他們深深地刻劃下來？

「回家吧，達莉雅。」

哈羅德靜靜地開口——達莉雅從剛才就一動也不動地蹲在索頌的墳前。這裡尚未立起墓碑，只有一座鬆軟泥土堆成的小山，獻於墳前的花朵空虛地彈開雨滴。她的長裙下襬覆蓋在地面上，被雨水滲透得又皺又濕。

「好吧。」

達莉雅低聲回答。兩人不斷重複同樣的對話，她怎麼就是不願意站起身來。其他親戚都紛紛說著：「現在讓她靜一靜吧。」早就已經離去。

哈羅德替她撐傘，繼續等待。

雨聲在上方滴滴答答地哭泣。

「……剛結婚的時候，我曾想過要跟這個人分開。」達莉雅的聲音比雨聲小得多。

「我們因為一些小事吵起來……這種時候，我就會深刻地認清一個事實，覺得很難受。我知道『他不論遇到什麼樣的危險，一定都會為了破案奮不顧身』。」

「是的。」

「我應該離開他的。早知道就……因為、因為那樣的話，我現在、就不會……」

她的聲音哽咽得愈來愈嚴重，已經聽不清楚了。

哈羅德注視著她的髮旋，開始重播自己的記憶——索頌遇害之後只過了幾天，但他不知道這已經是第幾次了。哈羅德只是不斷地、不斷地憶起他被犯人束縛的身影，以及那幅駭人的景象。

當時應該還有拯救他的餘地，應該能從某處找到方法。可是，自己卻看漏了，就那麼看漏了。原因不單是被限制了行動，還有敬愛規範。哈羅德什麼也辦不到，只能看著他的……他的脖子、手臂、雙腳遭到銳利的……

注意到循環液溫度異常上升，哈羅德停止了播放。

達莉雅終於站起來的時候，雨已經完全停了。

「哈羅德，我……害怕回家。」

他還記得自己當時不知為何，即使雨停了仍無法收起雨傘。

「我害怕回到平時的日常生活，被迫面對那個人……已經不在的事實。」

看著達莉雅哭腫的眼睛，哈羅德總算理解在自己心中翻騰的東西究竟是什麼——恐懼。就跟她一樣，哈羅德自己也害怕得不得了。必須面對沒能拯救索頌的事實，以及失去他的後果，實在令人毛骨悚然。

那等於再三提醒自己有多麼無力。

應該有方法能救他。自己當時應該還能做些什麼。

明明如此——

『我幫你抓吧。』

彷彿火花四散，馬文的臉龐閃過腦海——護城庭園的鮮豔楓紅灼燒了哈羅德的記憶。弟弟正如字面所述，抓住了停在自己肩上的蝴蝶。

他「能夠抓住」。

原來啊。

原來是這麼一回事。

不過——已經太遲了。

「妳還有我在，達莉雅。」

彷彿仔細咀嚼口中的話語，哈羅德這麼說著，輕輕抱住達莉雅。季節明明是初夏，她的纖瘦身軀卻冷得過分，感覺比阿米客思的體溫還要微弱許多。

「……我保證，絕對不會丟下妳一個人。」

這是哈羅德對她的誓言。

同時，也是對自己發下的誓言。

達莉雅的心跳化為電子音，淡漠地貫穿聽覺裝置。

加護病房(ICU)的床是曖昧的白色，包裹著她那副虛弱的身體。

哈羅德坐在床邊的椅子上，握著從床邊垂下的手。沒有衣物覆蓋的手連接著醫療管，與自己的診斷用纜線一點也不像，凸顯了人類的脆弱——達莉雅的眼瞼很蒼白，令哈羅德想起索頌那雙再也不會睜開的眼睛。

手術才剛結束，她好不容易保住一命。

雖然進入了觀察階段，她的意識還沒有恢復。

根據報案人的證詞，達莉雅似乎是一個人倒在飯店附近的後巷中。她恐怕是與安格斯副室長分開後才遭到犯人襲擊。一如前例，犯案現場沒有目擊者，也在監視無人機的巡邏路線之外。

犯人使用凶器，深深刺入她的柔軟腹部。

哈羅德祈禱般將額頭緊靠在達莉雅的手背上。這份無常令人不寒而慄——為什麼我沒有預料到？自己這顆派不上用場的頭腦讓哈羅德產生幾乎要燒斷迴路的懊悔。明明可以預料到的。既然受害者都是RF型的相關人士，達莉雅當然也很有可能遭到波及。

犯人究竟是什麼人？

為何要襲擊RF型相關人士？

突然聽見有腳步聲靠近，哈羅德靜靜地抬起頭。不久，布朗刑警的聲音從包圍病床的抗菌隔簾外面傳來。

「哈羅德，可以打擾一下嗎？」

雖然不情願，哈羅德仍然命令系統，隱藏自己的真心——他帶著非常和善的表情走到隔簾之外，當然也沒有忘記添上一點相應的沉痛之意。

布朗刑警一開口便失禮地說道：「我想詢問案情，她的意識如何？」

「還沒醒來，因為手術才剛結束。」

「你應該很難過吧。」真是膚淺的慰問。「雖然我們釋放了你，還是打算將你暫時交給分析研究機構，以防萬一。當然了，要不要答應取決於——」

「沒有必要分析輔助官，布朗刑警。」

聽到這句強行介入的話，哈羅德移動視線——是埃緹卡。筆直朝這裡走過來的那道身影就像落入白色院內的一滴墨，意志堅定的雙眼燃著熊熊火光。

YOUR FORMA

光是如此，哈羅德便領悟到她這次帶來了什麼消息。

「真是親切的招呼啊，電索官。」布朗一臉掃興。「這起案件歸我們管，輪不到妳說……」

「RF型相關人士襲擊案的搜查權『已經由電子犯罪搜查局接手』。」埃緹卡語氣尖銳地放話。「這是倫敦警察廳廳長與電子犯罪搜查局局長協議決定的事項。」

「……妳說什麼？」

布朗慌忙地往半空中瞥了一眼。也許是YOUR FORMA收到了什麼訊息，或是電話響了。是何者都無所謂——哈羅德這麼想。布朗已經是局外人了，現在甚至沒有必要搭理他。

「冰枝電索官。」哈羅德看著她的眼睛。「目前是十時課長握有指揮權嗎？」

「沒錯，接下來的搜查由我們接手。」

哈羅德原本就認為埃緹卡或許能用某種方式說動十時——但這樣的發展簡直求之不得。要是她沒有行動，哈羅德甚至打算促使她那麼做。沒有什麼比這更令人感激的了。

如果只有自己被拖下水就算了。

然而，犯人選擇對達莉雅出手。

——那就必須付出相對的代價。

「路克拉福特輔助官。」埃緹卡的眼神毫不猶豫地貫穿哈羅德。「我們從今天上午開始，就要對被害人進行電索……你行吧？」

答案打從一開始就決定了。

「當然沒問題，電索官。」

4

〈現在氣溫：十五度。服裝指數C，建議隨身攜帶輕薄外套。〉

攝政公園的青翠綠意在共享汽車的車窗外不斷飛逝——從停車場臨時租用的義大利車載著埃緹卡與哈羅德，在倫敦市內流暢地前進。雖然天空微陰，短時間內沒有降下陣雨的跡象。

「妳說案件的被害人都分散在市內的各家醫院吧。」

「為了進行電索，已經請他們集中到達莉雅小姐所在的綜合醫療中心。」

「真是有效率呢。對了——」哈羅德伸手指向儀表板上顯示的地圖。「這附近剛好有貝克街，可以參觀夏洛克·福爾摩斯博物館喔。妳知道嗎？」

YOUR FORMA

「YOUR FORMA正好在對我打廣告。」埃緹卡看了一眼路邊建築的MR廣告。「不管是福爾摩斯還是華生，有你就夠了。」

「謝謝妳的讚美。」

「這不是在讚美你，我想說的是我已經吃不消了。」

坐在副駕駛座的哈羅德一改淩晨的態度，已經恢復冷靜——不過，實際上還很難說。從偵訊的情況看來，他顯然很善於控制自己的感情。

「不過——」哈羅德輕輕交扣十指。「十時課長到底是用了什麼魔法才搶到搜查權？廳長和局長真的達成了協議嗎？」

「是真的。」埃緹卡在那場會議發下豪語之後，十時就將這件事上報給局長。「到目前為止，這起案件確實不算是電子犯罪，本來不是我們的管轄範圍。但如果你因為冤罪而無法行動，搜查局也會很困擾。」

「搜查局認為在倫敦警察廳讓事態更棘手前，接下搜索犯人的工作比較有利吧。」

「這當然是例外中的例外。因為你算是被害人的家屬，不適合參與案件的搜查。只不過，如果要動用我就需要有你在，所以才能勉強獲准。」

據十時所說，她沒花多少時間就說服了局長——局長也跟她一樣，對埃緹卡寄予厚望。她具有優異的資訊處理能力，足以在電索時進行並行處理。一般電索官必須花上好幾天的案件，埃緹卡只要花幾個小時就能找出破案的關鍵，但代價就是有無數的輔助官因此落得故障的下場。

搜查局正感到頭痛的時候，哈羅德出現了。多虧有他，才能讓人類輔助官免於承擔風險，事實也證明他可以徹底發揮埃緹卡的能力。正因如此，即使與倫敦警察廳之間的關係可能產生裂痕，搜查局也想確保哈羅德的運用權。

「非常謝謝妳，電索官。」回過神時，阿米客思臉上已經浮現一如往常的完美微笑。「十時課長都告訴我了。聽說在會議上，是妳率先站出來保護了我。」

埃緹卡愣了一下，繃緊肩膀。「……不只我，課長、安格斯副室長，連博士也有替你說話。大家都知道你是清白的。」

「妳願意袒護我，最讓我感到高興。」

「我就說了……」

「妳好像也已經完全克服對阿米客思的厭惡，真是太好了。」

「我確實是克服了……」那本來就只是為了保護自己不受過去的傷痛折磨才虛張的聲勢，可是在他面前重新承認這一點，讓埃緹卡感到莫名不自在。「就算如此，也不代表我喜歡你。」

「妳想掩飾自己的害羞還有更好的方式吧？」

「我到底哪裡看起來像在害羞了?」

「只要妳願意,我可以花大約三十分鐘的時間來詳細說明。」

「謝了我不想聽。」

這傢伙真的是——埃緹卡煩躁地別開臉。他是為了不讓別人操心,才會表現得一派輕鬆嗎?就算如此,也不必在達莉雅出事的時候假裝平靜吧。他明明可以坦白說自己「很不安」。

只要想起她的事,就連埃緹卡都覺得此刻有種難以忍受的焦慮感。

還是說——對他而言,自己看起來就那麼不可靠嗎?

綜合醫療中心與昨晚完全不同,擠滿了門診患者。兩人跟著負責迎接的人類醫師,前往有被害人正在等待的病房——走著走著,埃緹卡想起了初次見到哈羅德的那一天。自己之所以變得如此感傷,也許真的是因為達莉雅遇襲。

犯案的手段愈來愈激進。

再拖下去,事情遲早會演變成最糟的狀況。

為了達莉雅,必須盡早掌握犯人的線索。

「就是這裡。」醫師停下腳步的地點,是距離護理站最近的病房前。「差不多已經完成鎮定劑的注射，準備就緒了……但昨晚入院的達莉雅‧車諾瓦小姐仍處於昏迷狀態，所以我們並沒有替她注射。」

跟著醫師的腳步，埃緹卡與哈羅德踏入病房。一陣奇妙的熱氣頓時包圍全身——五張並排的病床上分別躺著陷入沉睡的被害人，從幾乎看不出外傷的輕傷患，到吊著骨折患部的重傷患都有。

在窗邊被特別多器材包圍的患者不是別人，正是達莉雅。為了進行電索，院方暫時將她從加護病房移動到這間病房。她的臉上戴著氧氣罩，身體沉沉陷入彷彿奶油掉落的床上，狀態與昨晚沒有什麼差別。

沒有變化竟是如此令人難受的事。

埃緹卡上一刻的決心險些動搖——潛入這種狀態的她真的沒問題嗎？

哈羅德發問了。「請問達莉雅的狀況如何？」

「還是老樣子。」醫師淡淡答道。「雖然沒有恢復意識，但生命徵象很穩定。如果電索的期間出現異常，我會請你們暫停的。」

「已經準備完畢。請，冰枝電索官。」

在病床間來回巡視的護理師阿米客思把連接了所有被害人的〈探索線〉遞了過來——埃緹卡沒有馬上接到手裡。她不知怎地因緊張而滲出冷汗。

YOURFORMA

「電索官？」哈羅德一臉疑惑。「妳怎麼了？」

「我只是……」

看著眼前的〈探索線〉，埃緹卡舉棋不定——這樣簡直跟那個時候完全相反。李從雪上摩托車意外摔落的時候，自己明明不顧哈羅德的反對，堅持對她進行電索。

「我明白妳的心情。我也感到不安。」哈羅德的手觸碰了埃緹卡的肩膀。「不過，是達莉雅自願接受電索的。妳也有聽到她說的話吧？」

被擔架床送走的她發出祈禱般的呢喃，那句話再次變得鮮明。

『電索我。』

埃緹卡緊咬下脣——的確，他說得沒錯。

下定決心吧。

「……我知道了。」

這次，埃緹卡拿起了線。她花費比平時還要長的時間，建立三角連線。她把〈探索線〉插入自己後頸的連接埠，接著以第二個連接埠接上〈安全繩(Umbilical Cord)〉。埃緹卡把垂下的連接頭遞給哈羅德——他正好滑開左耳，同樣露出連接埠。埃緹卡一開始還覺得這個舉動很詭異，但也漸漸習慣了，所以感到有點恐怖。

喀嚓一聲，連接頭順利嵌入。

發出淡淡光芒的〈安全繩〉照亮了哈羅德的臉頰。

「開始吧，電索官。」

「好……」

我一定會找到線索。

「——開始吧。」

埃緹卡屏住呼吸，閉上眼睛——這個瞬間，就像突然被推了一把，身體開始墜落。墜入電子之海，前往充滿資訊的世界。虛擬的飄浮感包圍全身。啊啊，一體會到這種感覺就能明白，這裡才是自己該待的地方——埃緹卡毫不猶豫地躍進五名被害人的〈表層機憶〉之中。

一瞬間，寒氣在肌膚上流竄。強烈得想拔腿就跑的恐懼。好可怕。好痛。這是來自案件造成的創傷。『不要啊，救救我。』削下皮肉的痛楚貫穿了自己——『不可原諒。』銳利的怒火掠過身旁。『如果要遭遇這種對待……』『我明明有好好維修他。』『早知道就毀了他。』——站在工程師的立場，這種感覺等於被自己精心照顧的孩子反咬了一口。然而無論如何，總是會有一種內疚與尷尬的感覺襲捲而來，就像是看了什麼不該看的東西。

不要放在心上，冷靜。

目的不是這裡。

所幸沒有發生逆流的跡象。或許是因為放下了纏而取得平衡，達到精神上的安定，重回電索官一職以後便漸漸能控制自如了——埃緹卡直接朝案發時的機憶下墜。

一開始看到的是在半空中飛舞的紅色。皮膚被淺淺地劃開。接著，視野大幅搖晃。由此可見自己被毆打了。高舉的鐵鎚在黑夜中閃爍——埃緹卡不禁皺起臉。慘叫與揮之不去的純白色恐懼在頭腦內部炸裂。發不出聲音。未能轉化為語言的情緒漩渦纏繞著四肢——好難受。好久沒有這種喘不過氣的感覺了，也許是因為才剛重回工作崗位不久。對被害人進行電索，有時候比電索嫌犯更令人感到痛苦且沉重。即使能將感情切離，感覺本身還是一樣會穿透自己。

埃緹卡撥開黑色泥沼般的恐懼，努力凝神細看。機憶複雜交錯。夜晚；狹窄的小路；後巷；自家門前；沒有人煙的黑暗之中。微弱的路燈正在搖曳；隨風啜泣的路樹。突然間，有人從背後抓住自己的手臂。犯人每次都是從背後發動攻擊嗎——啊啊，如果在機憶裡也能像現實一樣閱覽個人資料就好了，如此就可以立刻看穿對方的身分——角落有某種東西亮了一下。是小刀，可對折的折疊刀——一瞬間，黑暗湧了上來。

怎麼回事？

雪花飄過眼前。不對，這是灰燼。天上降下了細小的灰燼。好暗。天空就像深深的洞穴，張開空虛的大口——周圍零星散落著某種東西。石碑。那是墳墓。它們就像燈火般浮現在那裡。

這不是現實的機憶。

這是夢境。

是某個人——達莉雅作的夢。

夢的機憶如果極為鮮明，經常會轉換為資料（二進位檔案）並保存起來。但一般而言，這些機憶的認知都有顯著的扭曲與誇大，在搜查上沒有參考價值。電索時必須盡量忽略，直接通過——然而，埃緹卡無法移開目光。

達莉雅一個人站在墓園中。感覺有一陣陣冷風吹過。自己把手放到胸口，才發現這裡開了一個大洞，於是驚訝得用雙手摀住，但根本蓋不起來。鮮紅色液體從縫隙滲出。好可怕。好悲傷。好可怕。好悲傷。同樣的感覺不斷反覆，永不停歇。

『達莉雅。』

聽到熟悉的聲音呼喚，自己回過頭——但那裡只掉著一把打開的雨傘。

一個人也沒有。

一個人，也沒有。

——不行。

埃緹卡勉強揮別嵌入血肉的絕望。這是她失去索頌時作的夢嗎？埃緹卡拚命切離纏繞自己的情緒。集中精神。現在要找的是關於案件的機憶。出口在哪裡？埃緹卡奮力掙扎，抓握著空氣。

突然間，黑暗裂開了。

慘叫再次貫穿耳膜，影子在路上忽隱忽現。回到案件相關的機憶了。一閃即逝的金髮是犯人的特徵嗎？現在還看不到。『救救我！』『我要被殺了！』『好可怕！』『住手！』連逃跑的時間都沒有，犯人出手毆打，或是把被害人推到地上。犯人的鞋子晃過視野。那是一雙皮鞋，磨損得相當嚴重。

『——哈羅、德？』

達莉雅的虛弱聲音——模糊的視野擴展開來。折疊刀深深刺進腹部。握住刀柄的人影出現在眼前——怎麼可能？竟然有這種事。埃緹卡屏息。

雖然很模糊，但映在眼前的那張臉，自己也見過。

無可挑剔，製作得精美無比的容貌。金色瀏海遮住了額頭，在黑夜的深淵仍然散發光輝。冰冷的眼瞳就像是看著物品一樣，機械化地捕捉被害人的身影。

——RF型。

『為……什麼……』

聽見達莉雅的虛弱呼喚，犯人退縮了一下。那隻手一瞬間放開了插在她身上的小刀刀柄。

『哈羅德？』端正的嘴唇初次開口說話。聲音聽起來像是沉入水中般模糊，是因為達莉雅的意識開始混沌了嗎？『妳……認識哈羅德嗎？如果是——』

撲通一聲，世界開始沉沒。

埃緹卡最後看見的是RF型離去的背影——接著，她繼續潛入其他被害人的機憶。埃緹卡無法壓抑激烈的心跳。不會吧，其他機憶也出現了同樣的RF型。

影像戛然而止——〈探索線〉被拔除了。

睜開眼睛的時候，病房的照明看起來特別偏藍。總算脫離被害人情緒的層層束縛，埃緹卡吐出屏住的一口氣——然後忍不住把手放到脖子上。自己正在冒汗。

真是不敢相信，剛才的景象太奇怪了。

哈羅德無疑有不在場證明。

既然如此——

「電索官。」

眼前的他沒有表情。他才剛見到達莉雅與熟識的工程師遭到襲擊的場面，再怎麼樣也無法保持平靜吧——不過，埃緹卡感到錯愕。湖水般的眼瞳彷彿凝結了冰晶。

他的目光沒有任何溫度，就好像混合了不可能存在的殺意。

埃緹卡還是不認為哈羅德是安格斯所說的「小房間裡的英國人」。她明白組成其根基的東西只是程式——但總覺得實際上應該更加複雜。

這是自己心中的擬人觀所產生的幻想嗎？

「醫生——」哈羅德喚道。「達莉雅的情況如何呢？」

「很穩定。她的身體似乎沒有受到影響。」

埃緹卡與他同時鬆了一口氣——幸好沒事。暫時可以放下心中的一塊大石了。

只不過——

「被害人說得沒錯。」埃緹卡的喉嚨相當乾渴。「犯人不管怎麼看都是ＲＦ型。那果然是馬文嗎……」

「現在還無法斷定。」

「為什麼？史帝夫正停止運作，而你有不在場證明。那麼肯定就是……」

「犯人的臉上『沒有痣』。」

埃緹卡開始反芻剛才潛入的機憶——襲擊被害人的那個ＲＦ型，那副秀氣的容貌。

因為幾乎所有人都是在意識模糊的情況下看到犯人的，影像中有些部分不太清晰。但就算撇開這一點不談，那個RF型的光滑臉蛋上也沒有類似痣的東西。

「因為我們每個人的長相都相同，萊克希博士就用這種方式替我們作了記號。」哈羅德指著自己的嘴角。「如果犯人是馬文，這裡應該會有顆痣。又或者，他可能把痣遮住了。」

「遮住痣？為了什麼？」

「或許是要讓人誤以為犯人是三胞胎其中之一，或是有什麼跟犯案本身有關的理由。光憑剛才的機憶，我也無法推測。」

「那個RF型很在意你。」他聽到達莉雅的低語時，明顯有了反應。「這表示他不知道達莉雅小姐是你的持有者……不知道她是RF型的相關人士，卻還是襲擊了她？」

「因為犯案手法愈來愈激進，就算他現在決定對一般人出手也不奇怪。達莉雅之所以被盯上，恐怕是因為她曾與安格斯副室長一起行動吧。」

但是，犯人對此有所誤解。她並不是一般人，而是哈羅德的持有者。對方肯定是在對達莉雅施暴之後才發現這一點。

「不論如何——我們已經找到了線索。」

他靜靜地補上這一句。根本不需要驚訝，因為埃緹卡也看出來了。

「你是說小刀的刀柄吧。」

「是的。」

沒錯——RF型用小刀刺傷了達莉雅。而他被達莉雅誤認為哈羅德的時候，因為一瞬間的退縮，放開了刀柄。那個時候，她的視野確實捕捉到了。

捕捉到刻在刀柄上的特殊圖案。

那個圖案是一顆看似蘋果的果實被包裹在裸露的肋骨之中，設計得相當特別。

「那或許是某種標誌。我們來調查看看吧。」

哈羅德立刻打開穿戴式裝置的全像瀏覽器——不久後，網路給出了答案。顯示在上面的圖片搜尋結果列出好幾張蘋果與肋骨組成的圖案，就跟剛剛才在機憶中看見的東西一模一樣。

「劍橋大學，艾爾芬斯頓學院的盾徽……？」

埃緹卡唸出搜尋結果，忍不住看了他的臉一眼——畢竟自己對艾爾芬斯頓學院的名稱還保有鮮明的記憶。

就像是察覺到埃緹卡的疑問，哈羅德點頭表示肯定。

「那就是萊克希博士的母校。看來有必要找她談談了。」

第二章——黑盒子

YOUR FORMA

1

國王十字站的北部——隔著攝政運河的廣大土地就是諾華耶機器人科技公司的總公司據點。過去，這個區域似乎完整保留了工業革命時代的穀倉與煤炭倉庫，目前以現代化的總公司大樓為首，另有工廠設備與統整了阿米客思歷史的資料館，甚至附設供一部分員工居住的「阿米奇堤亞地區」。

「隸屬於特別開發室的工程師有十五個人。」埃緹卡邊走邊彎起手指數著。「其中，住在這個阿米奇堤亞地區的三個人沒有受害對吧。」

「應該說沒有可能受害。」哈羅德掃視周圍。「如妳所見，這裡的保全系統滴水不漏。」

要進入這個地區，就必須穿越好幾道保全閘門。每次通過，居民都要進行生物認證，外來訪客則必須提供個人資料。不只如此，地區內有好幾架監視無人機四處巡邏，彷彿連一隻老鼠都不會放過——據說能住在這裡的人，基本上都是幹部或能力特別優秀的工程師。從這裡就能看出諾華耶公司為了保護機密情報與人才，不惜投入大筆資金的態度。

「關於馬文的搜索行動，十時課長有沒有什麼消息呢？」

「聽說目前還沒交出什麼成果。他們好像連各國修理工廠的紀錄都仔細調查了……但還是沒找到線索。」

到頭來，在機憶中見到的那個RF型究竟是什麼人，現在仍然不明。

埃緹卡與哈羅德造訪了阿米奇堤亞地區的一角——一棟棟房子整齊相連的磚造排屋。這裡的其中一戶就是萊克希．薇洛．卡特博士的住宅。玄關門漆成帶著灰色調的綠色，掛在旁邊的門牌與信箱也擦得閃閃發亮。

埃緹卡毫不猶豫地按下門鈴。

「電索官，妳有在上次的會議見過博士吧。」

「當時是看到全像模組，這是第一次直接見面。」

哈羅德露出意味深長的微笑。「她跟妳有點像。」

「……………哪裡像？」

過了一陣子，玄關門才開啟。萊克希露出顯然是剛睡醒的臉——然後一看到門外的人，馬上就要把門關起來。

「請等一下，博士。」哈羅德立刻抓住門把，阻止了她。「我們有事先聯絡過妳，而且妳也答應要協助搜查了吧？」

「我不知道我不知道。」她的頭髮比透過全像模組開會時還要凌亂許多，簡單說就是睡得亂七八糟。「大概是自動回信功能吧，我在忙的時候就會擅自回覆……」

「原來如此，難怪我覺得內容讀起來很生硬。」

「很明顯是我設定錯誤。」她硬是把呵欠吞了回去。「我現在超級後悔。早知道我當初就應該聽那個小鬍子的話，讓你停止運作了。」

小鬍子——她該不會是指塔爾伯特委員長吧？

「我就當妳是在開玩笑。」哈羅德一臉傻眼。「現在已經下午兩點了。就算是假日，過得這麼懶散還是不太好吧。」

「好煩喔，你是我老媽嗎？」

他剛才說的「有點像」是指這一點嗎？埃緹卡聽著兩人的對話，忍受刺耳的感覺——自己也覺得假日就該懶散地度過，而且可以的話，最好一整天都能在床上耍廢。

「請妳至少學學電索官，處理一下睡亂的頭髮吧。」哈羅德非常認真地瞥了埃緹卡一眼。「她也是跟博士不相上下的貪睡蟲，但至少會好好整理頭髮。偶爾還是會留下口水的痕跡就是了。」

「我就說我沒有流口水了，你到底要我講幾次？」

「剛才那是阿米客思式笑話。」

「妳好啊，冰枝電索官。」萊克希隨便抓起埃緹卡的手，單方面與她握手。觸感比想像中還要光滑。「一想起妳在會議上的活躍，我現在還是覺得很心痛。這麼年輕可愛的孩子，竟然為了這個陰險阿米客思如此拚命。」

埃緹卡瞬間愣住——她說陰險阿米客思？博士知道他的本性嗎？

「呃，因為路克拉福特輔助官是電子犯罪搜查局不可或缺的一員……」

「對了，博士。」哈羅德插嘴說道。「妳的香水喜好變了呢。最近有什麼令妳煩心的事嗎？」

「天啊，又來這一套。你是明知道我討厭這樣還故意這麼說的吧。」

「有句古老的格言叫作以眼還眼。」

「你連玩笑都聽不懂嗎？只有臉紳士的傢伙。」

算了，進來吧——萊克希這麼碎碎唸，往屋內走去。門是不需要鑰匙的掌紋認證系統，雖然外觀老舊，卻採用最新的保全技術。埃緹卡跟上瀟灑地走進屋內的哈羅德，沒來由地感到虛脫——雖然很想趕快問出需要的資訊就走人，但事情恐怕沒那麼簡單。

客廳整理得井然有序，沙發的靠枕十分整潔，就連化為展示櫃的暖爐上也一點灰塵都沒有。萊克希的形象容易讓人以為她家裡很雜亂，事實卻跟想像中不同。正當埃緹卡這麼想的時候——

「歡迎兩位來訪。」

普及於一般家庭的量產型家政阿米客思出面迎接了。他有著模仿高加索男性的外表（建模），臉上的微笑有種明顯的機械感——原來如此，就是他在維持這個家的整潔吧。

「利伯。」萊克希向阿米客思搭話。「幫他們倆泡杯茶吧。」

「我明白了，萊克希博士。」

阿米客思——利伯馬上離去。

「他泡的紅茶很好喝喔，畢竟我常叫他讀歐威爾寫的黃金定律嘛。」

「姑且不論黃金定律，每次聽到肋骨（利伯）這個名字，我就感到毛骨悚然。」哈羅德誇張地摩擦自己的手臂。「幸好替我取名的人是已故的女王陛下，而不是妳。」

「在我看來，你們的名字全都太裝模作樣了。有需要什麼中間名嗎？」

埃緹卡聽著兩人的答腔，觀察裝飾在暖爐上的家飾品。上面有薰衣草的擴香瓶、格洛斯特大教堂的書籤，以及打開蓋子的鑰匙盒。盒子裡掛著兩把鑰匙——與其說是有什麼講究的裝飾，看起來比較像是隨便擺上需要的東西。

「所以——」萊克希這麼說道，搔搔臉頰。「你說犯人使用的小刀上刻著艾爾芬斯頓的盾徽？」

「是的。」哈羅德點頭。「我推測是學院提供的物品，請問妳有沒有什麼頭緒？」

「小刀啊……」萊克希暫時盯著半空，最後彈了一下手指。「會不會是那個？」

她快步走出客廳。埃緹卡與哈羅德不約而同地跟上萊克希——他們經過飯廳與廚房，再穿越溫室，來到後院。

「我記得應該是收進這裡了。因為我不想把雜物放在家裡。」

庭院的空間有點狹窄，但草皮修整得很仔細。倫敦經常降下陣雨，這裡卻罕見地將衣物晾在室外。優雅飄揚的衣服可能是因為互相染色，帶著偏黑的黯淡色調——這時，萊克希正好打開擺在角落的庭院倉庫。迷你的三角屋頂很可愛，是尺寸較小的類型，裡面塞滿了除草機之類的東西。

「噢，有了有了，幸好我沒丟掉。」

她拿出的是個長方形的盒子。盒子以白色為基底，彩繪著黑色與藍色的線條——埃緹卡馬上就認出來了。這應該是艾爾芬斯頓學院的領巾配色。

「這是畢業紀念品。我只打開來看過一次，之後就放著不管了。」

萊克希說著打開蓋子——出現在盒中的是一把收納完整的「折疊刀」。從天上灑落的微弱日光輕撫著劍橋藍的刀柄，刻在上面的圖案是——

蘋果與肋骨的造型。

正如在達莉雅的機憶中看見的圖案。

埃緹卡問道：「每年的畢業紀念品都是同樣的東西嗎？」

「是啊，應該沒有特別改過。」

這麼一來，暫時可以確定犯人使用的凶器來自何處了——不過，問題在於如何從這裡交到RF型的手上。

「輔助官，你認為那個RF型是怎麼取得這種小刀的？」埃緹卡不禁皺起眉頭。「如果想得簡單一點，應該是他跟畢業生有什麼關聯，但還有其他方式可以取得，例如偷竊、碰巧撿到，或是購買登在網路上的商品……」

「撿到的可能性恐怕很低。」哈羅德說道。「要在英格蘭購買刀械，就必須提供個人資料。害怕形跡敗露的犯人自然會想利用不需要證明的畢業紀念品，我不認為是碰巧撿到的。」

「所以我們得清查所有學院畢業生、竊案，還有網路上的每一筆交易嗎？」

埃緹卡深覺前路漫長。不過，也只能拚了。目前沒有其他線索，況且他們必須盡早偵破這起案件。

「那個RF型沒有痣是吧？」萊克希仔細端詳手上的小刀。「就算如此，我看十之八九是馬文。畢竟艾爾芬斯頓是為人工智慧研究者開設的學院。」

艾爾芬斯頓學院於一九九〇年代中期創立，是劍橋大學最新的學院——九二年的疫情以後，人工智慧與機器人工學領域的需求出現爆發性的擴大。看出時代趨勢的大學為了培育優秀的研究者與工程師，便重新利用舊有學院的建築，創立了艾爾芬斯頓。該學院仍保留自十三世紀便代代相傳的正統校風，同時也開闢了新天地。

「所以有某個畢業生透過某種方式找出了馬文，對他施以改造。不只如此，還把自己持有的小刀交給他，讓他攻擊別人……簡單來說應該是這樣吧？」

「假設真是如此，他為什麼能分辨特別開發室的工程師？動機也很不明朗。」哈羅德一臉苦惱。「最重要的是，我們的系統碼十分複雜。即使是艾爾芬斯頓的畢業生，我也不認為能輕易找到與博士同樣優秀的工程師。」

「另外嘛，就是一定要有設備充足的環境吧，嗯。」萊克希根本沒在聽他說話。「如果只是要引發一點錯誤，用平板電腦就能搞定，但如果要分析或改寫系統碼就沒那麼簡單了，一定需要專用的維修艙。原來是這麼回事啊，既然如此……」

「博士，請不要自己一個人對話。」

「噢，抱歉。」她似乎回過神了。「……你剛才說什麼？動機？大概是因為那個吧，因為對我懷恨在心？」

萊克希的為人容易招來非議。會議上，塔爾伯特委員長曾經這麼說過。如果她天生就是這種性格，想必從學生時代就樹立了不少敵人。若犯人是故意用博士開發的RF型——馬文來犯案，目的就有可能是毀損她的名譽。既然如此，應該優先調查畢業生嗎？

「所以，把痣遮住是為了將罪名嫁禍給史帝夫或輔助官？」

「這麼想應該沒錯。」哈羅德這麼說，卻好像還是有點納悶。「唯一的疑問是，對方為何不畫上假的痣？馬文很了解我和史帝夫，沒有理由辦不到。」

「大概是因為馬文和改造他的犯人都不知道你們的運作狀態吧。」博士說道。「可能是不想讓別人認定自己是其中哪一方。」

這個解釋很有道理。「馬文襲擊達莉雅小姐的時候，聽到輔助官還活著的消息，確實很驚訝……」

「各位。」

埃緹卡等人同時抬起頭——利伯從溫室探出身子。

「茶水已經準備好了。請問要端到這裡來嗎？」

『所以，搜索範圍暫且像是從全世界的海域縮小到北大西洋了吧。』語音通話中的十時似乎止不住嘆息。『我知道了。我會優先調查學院的畢業生，也詳細過濾網路上的交易紀錄。恐怕會很花時間，忍忍吧。』

「麻煩妳了，課長。」

埃緹卡結束YOUR FORMA的通話。但願已經看到一絲曙光了——埃緹卡回過頭時，萊克希剛好坐到溫室的椅子上。紅茶還沒上桌，桌面空無一物。

「利伯，把冰枝電索官和我的份端到這裡，哈羅德的份端去客廳，你就跟他一起喝茶吧。」

埃緹卡一時之間搞不清楚狀況。「咦？」

「只排擠我真是令人無法苟同。」哈羅德難得表現得如此不滿。「妳打算對冰枝電索官灌輸什麼？」

「那當然是你會覺得害羞的事嘍。」萊克希把手臂放到椅背上，揚起嘴角一笑。「我想想喔，要說什麼祕密才好呢？你就好好期待吧。」

「如果我說我想留在這裡呢？」

「我會把你轟出去。」

「我想也是。」他似乎放棄了。「電索官，請不要把博士說的話當真。」

「呃，等一下……」

哈羅德沒有理會不知所措的埃緹卡，與利伯一起消失到屋內——這是怎麼回事？為什麼會突然變成要與博士兩人獨處的情況？

自己原本就很不擅長工作以外的交流。

某處傳來清亮的鳥鳴，聽起來甚至有點空虛。獨留下來的埃緹卡生硬地看了萊克希一眼——她的臉上掛著非常愉快的笑容，漂亮的虎牙從薄薄的嘴脣間露出。

「因為上次的會議沒機會好好說話嘛。難得的機會，我們來聊天吧。」她示意埃緹卡在對面的位子坐下。「電索官，我從哈羅德那裡聽說了很多關於妳的事。我一直對妳很感興趣，結果正如我的期待。」

「是嗎……」感興趣是指？

「聽說妳很討厭機械？跟那種阿米客思搭檔，真是辛苦妳了。」

那傢伙憑什麼擅自說出去啊——埃緹卡帶著尷尬的心情，勉強在她示意的椅子上坐下。「我討厭機械是……以前的事，現在已經克服了。」

「所以現在是喜歡嘍。」

「不，也算不上喜歡。」

「那妳喜歡哈羅德嗎？」

「……………………那是什麼意思？」

「妳的眼神帶著殺意耶，還好吧？」

糟糕，直覺反應。

埃緹卡急忙按住自己的眼瞼，這時利伯端紅茶來了。他用熟練的手勢傾斜茶壺，倒出茶湯。裝飾著細膩花紋的白色茶杯漸漸被柔和的橙紅色填滿，牛奶一注入裡頭，便輕盈地混濁了茶湯——好香的味道。

利伯俐落地把盛著司康、果醬與濃縮奶油的小碟子排到桌上。埃緹卡的目光無意間落在利伯的右手拇指上，上面單獨印著像是墨水汙漬的蝴蝶刺青。

「請慢用。」

他留下禮貌的微笑便離去。

利伯一走，某種令人不自在的氣氛便悄悄地竄了出來。

「嗯～～我想想喔。」萊克希仍然用手撐著臉。「妳想聽哈羅德的丟臉事蹟嗎？」

要是不小心聽到了，他大概會看穿自己聽說過的事，然後碎碎唸個不停吧。

「不好意思——」埃緹卡生硬地拿起茶杯，轉移話題。「請問妳為什麼要跟我私下交談呢？」

「有興趣的事情就要追求到底嘛。」

「呃……」埃緹卡不懂她為何要如此關注自己。「請問這話怎麼說？」

「電索官，妳好像知道哈羅德是個『本性惡劣』的傢伙呢。」

埃緹卡嚇了一跳，但萊克希不以為意。萊克希把盛著濃縮奶油的小碟子拉過來，用湯匙一挖就送進嘴裡。埃緹卡覺得那應該是要塗在司康上吃的調味料，卻不敢糾正她。

「我知道路克拉福特輔助官……是個很溫順的阿米客思。」

「妳不用隱瞞了，因為我也知道。」

「這樣啊……」埃緹卡勉強把茶杯拿到嘴邊。的確，她就是RF型的生母，不知道才奇怪。「請問妳為什麼要把他設定成那種性格呢？」

「沒想到妳會這麼輕易地問出失禮的問題呢。」

「對不起。」糟糕，又犯錯了。「那個，我無意冒犯。」

「開玩笑的啦，這樣比拐彎抹角好多了。」萊克希揚起嘴角。「說了妳可能不信，哈羅德『剛完成』的時候真的是個好孩子，可是，卻在不知不覺間變成那樣……RF型真有趣，對吧。做出他們的人大概是個天才吧。」

埃緹卡忍不住目不轉睛地觀察萊克希的臉，但她沒有開玩笑的意思，表情非常認真——對她來說，讚賞自己似乎就像呼吸一樣自然。怎麼辦？可以假裝沒聽見嗎？

「阿米客思應該都有原始的性格設定吧。姑且不論觀察眼，我還以為他一開始就是那種個性……」

「可惜不是。」萊克希像個孩子般舔起湯匙。「不過還是會保留基礎就是了。因為是要獻給王室，還得將講話的發音設定得比較高雅，類似的要求一大堆。不過，他的性格改變了。該怎麼說呢？他成長了。」

「……成長？」

這種說法聽起來有點弔詭。現在回想起來，小時候跟自己一起生活的阿米客思——澄香也有性格設定。雖然只是「溫和且理性」之類非常簡略的描述，這類設定通常不會自動產生變化。

「從這部分就看得出來，他們好歹也是次世代型泛用人工智慧。」

萊克希很快便將碟子裡的奶油吃光，伸手去拿紅茶——埃緹卡這時想起的是以前聽達莉雅說過的話。

『RF型似乎比一般阿米客思聰明多了——妳不覺得哈羅德比一般阿米客思還要接近真人一點嗎？該說是有個人特質吧——那些聽說也全都是最新科技的功勞呢。』

聽到這番話的時候，埃緹卡總覺得有些費解。憑目前問世的人工智慧科技，真的能做出性格像他這麼豐富的阿米客思嗎？

所以埃緹卡直接說出了這個疑問，萊克希便發出「啊啊」的聲音，像是想到了什麼似的放下茶杯。

「其實啊，如果只是要接近真人，根本不需要什麼特別的技術，做起來很簡單。不過我說『簡單』，應該會惹毛大多數同業吧。」想必如此。「簡單來說，只要讓人在跟阿米客思對話的時候，覺得『好像在跟人類說話一樣』就行了。讓使用者覺得對方可以了解自己的心情，並感同身受……而且在某方面比人類更突出，又好像有自己的意見，就足以讓他們像是一個擁有自我特質的真人。就這方面來說，做起來跟普通的阿米客思沒什麼兩樣。」

無意間，「中文房間」的話題閃過腦海。

「也就是說——」埃緹卡一時語塞。「阿米客思……只是表面上看似在思考嗎？」

「是不是安格斯灌輸了什麼觀念給妳？」萊克希嗤之以鼻。「大家還真喜歡那個思想實驗耶。就連ＲＦ型都被他們說得好像跟量產型阿米客思一樣。可能是因為這樣，特別開發室的所有人都沒發現哈羅德的本性……什麼？那也沒辦法嘛。畢竟他們以前都不是ＲＦ型開發團隊的成員。」

她就跟剛才一樣，開始與自己對話——從她缺乏餐桌禮儀的地方也看得出來，她有著自己的一套堅持。類似獨白的奇特言行，應該也是她本身的怪癖之一。

「普通阿米客思只是表面上假裝在思考沒錯，但ＲＦ型可是次世代型泛用人工智慧。我把他們寫得更聰明，哈羅德他們確實會思考。」

埃緹卡沒來由地鬆了一口氣——為什麼呢？即使心裡明白哈羅德的思想是源自程式，她還是希望那並非單純的「符號」。

與過去的自己相比，這可說是一大進步。

「不過，安格斯他們不相信就是了。實際上雖說是在思考，他們跟我們的思考程序有很大的不同。」

埃緹卡皺起眉頭。「怎麼個不同法呢？」

「『我不知道』。」萊克希聳了聳肩。不知道？「理論上當然是可以說明，不過具體而言，他們是如何思考才得出答案的，我們永遠不會知道。」

「……黑盒子問題？」

「沒錯，那就是我們從以前就煩惱至今的概念。」

由於這也是課堂上會提及的知名論點，埃緹卡多少知道一些。

黑盒子問題——自從人工智慧出現機器學習的概念，這個問題就時常被提起。透過機器學習的機制，ＡＩ會藉著大量的資料樣本來進行反覆的學習，建立事物的判斷標準，然後導出最佳「答案」。不過，最重要的標準究竟是經由什麼樣的程序所建立的，人類無從得知。

舉例來說，假設利伯對萊克希提議「我打算煮異國料理當作今天的晚餐」，關於他如此提議的原因，詢問他或許就能得到答案，但具體的思考程序絕對無法直接窺見……就是這麼回事。

AI這些不可觀測的部分，就稱為「黑盒子」。

「所有泛用人工智慧當然也都伴隨著黑盒子問題。」萊克希把眼鏡往上一推。「以RF型而言，黑盒子的『範圍』比量產型阿米客思還要廣。而這一點就是他們發展出個人特質且不斷成長的關鍵。」

突然間，一隻蝴蝶翩然飛進室內。樸素的褐色蝴蝶隨處飛舞，最後停在碟子中的司康上——當牠靜止下來，其他人才能清楚看見翅膀背面的顏色。是鮮豔的綠色。

YOUR FORMA開始分析——〈環境美化用機器人，黃星綠小灰蝶。〉

埃緹卡無意間看得出神時——

「妳不害怕哈羅德嗎？」

萊克希伸出手，讓蝴蝶停在手指上。

「……咦？」害怕？

「妳知道他的本性吧，不覺得很詭異嗎？」

她輕吹一口氣，蝴蝶便搖搖晃晃地起飛——他是否詭異，埃緹卡從來沒想過。他確實有許多令人難以捉摸的部分，不過……

『妳才應該，更重視自己一點。』

不論他是什麼模樣，這一點都是事實。

「——是他推了我一把。」

蝴蝶柔弱地振翅，飛過埃緹卡的鼻尖。然後，牠就像是終於找到出口，毫不猶豫地飛出溫室。

「這樣啊。」萊克希的臉頰蒼白得與陽光不太相襯。「好吧……既然妳能這麼想，那就太好了。」

——什麼意思？

埃緹卡本來想反問，但萊克希的視線仍追著蝴蝶，使得埃緹卡終究沒能問出口。所有對話彷彿石沉大海，沒了下文。

為了撐起重壓在身上的沉默，埃緹卡又喝了一口紅茶。也許該改變話題了——遲鈍的直覺這麼告訴自己。

「請問……妳認為這起案件的犯人真的是馬文嗎？」

「史帝夫正停止運作，哈羅德的不在場證明也有妳擔保了。」

「確實是這樣沒錯，但……」

埃緹卡緊咬下唇。自己也只能得出與萊克希完全相同的推測——然而如果馬文是犯人，很顯然會引發別的問題。

「妳曾說過，他或許被改造過了吧。」

「是啊，因為我並沒有把他們做成瑕疵品。除非有人動了什麼手腳，否則不可能失控。」她的手拿起茶杯。「不過……倫理委員會要不要相信，又是另一回事了。」

換言之，根據案件的發展，塔爾伯特率領的國際ＡＩ倫理委員會仍然有可能再次呼籲「讓ＲＦ型停止運作」。

埃緹卡無法苟同。

如果真的演變成那種情況，哈羅德究竟會如何？

「話是這麼說，我其實不太擔心。因為……」

萊克希的亂髮隨著午後的微風搖曳，悠然流轉的細長眼睛即使是在如此明亮的庭院中，仍盈著遺世獨立的漆黑。

「就算事情真的變成那樣，妳也會再次保護他吧，電索官？」

埃緹卡本想開口……

卻遭到YOUR FORMA的通知打斷——又是來自十時的消息。

利伯坐在客廳的沙發上，從剛才就不發一語。阿米客思之間的對話本來就是為了表現「人味」而做出的舉動。既然這裡並沒有觀測自己的人類存在，就沒必要做出那樣的行為——悲哀的是，他們無法透過對話來享受交流的喜悅。

哈羅德碰都不碰利伯準備的紅茶，在室內慢慢走動——從裝潢到地毯的花紋都深入觀察，仔細到令人傻眼的程度。當然，有一半只是出於習慣。從房間的狀態看來，暫時可以知道博士最近遭受了一點挫折。

她會用如此強硬的手段遠離自己，也是因為想避免被看穿並指出這一點嗎？

「利伯。」

哈羅德這麼呼喚，家政阿米客思才終於歪過頭。「是，哈羅德？」

「我想知道發生襲擊案之後，博士的狀況如何。」

「沒有什麼特別大的變化，博士過得很好。今天早上的自言自語稍多了一點，恐怕是案件讓她感到沮喪吧。」利伯十分流暢地回答。「另外，博士為了放鬆心情，每個週末都會在別墅度過——」

「別墅？」哈羅德不知道這件事。不過她雖然是那個樣子，卻擁有一大筆資產，會對狹窄的排屋感到不滿足也很正常。「哪裡的別墅？」

「我也不清楚。她說她會去能一個人放鬆的祕密地點，開心地兜風。博士每個週末都會在別墅度過。」利伯重複與剛才相同的句子。「我說可能會遇到歹徒，所以這陣子應該避免外出。但博士不聽我的建議，她說只出去一天不會有事，昨天也出門了。」

「這麼說來，你很擔心博士會遭到歹徒攻擊吧。」

YOUR FORMA

「是的，我非常擔心。」

「這很像人類會說的話，你回答得很好，利伯。」

實際上，萊克希也有可能成為犯人的目標。就算多少有些拘束，她也不該一個人來往阿米奇堤亞地區與總公司以外的地方。

哈羅德想起在機憶中窺見的RF型。

襲擊達莉雅的那張臉——真的是許久未見的那個不成材的弟弟嗎？

他還「在那裡嗎」？

「路克拉福特輔助官！」

轉頭一看，埃緹卡已經站在客廳的入口處。她似乎是從溫室小跑步過來的，瞳孔明顯擴大——啊啊，這肯定不是什麼好消息。

哈羅德的直覺理所當然地成真了。

「我剛才接到十時課長的聯絡……好像找到馬文的屍體了。」

2

馬文出現在倫敦近郊的格雷夫森德——泰晤士河邊。

埃緹卡他們與萊克希博士一起趕到現場的時候，附近已經停著幾輛警車，還有許多當地警察與電子犯罪搜查局倫敦分局的搜查官正在來來去去。禁止進入的全像封鎖線前面有警衛阿米客思看守。

「辛苦了，請提供身分證。」

「我們是聖彼得堡分局的冰枝電索官，以及路克拉福特輔助官。她是卡特博士。」

「請通過。」

埃緹卡等人直接往河岸前進——與倫敦市內完全不同，橫亙在眼前的泰晤士河寬闊得令人敬畏。愈是靠近河口，其面貌也難免會有愈大的變化。在突出的棧橋根部，穿著夾克的當地警察以及率先抵達的諾華耶機器人科技公司的安格斯副室長蹲在地上。

埃緹卡在橋上呼喊，兩人便抬起頭。安格斯的臉色相當蒼白。

「電索官、哈羅德，連博士也在……」

萊克希問道：「馬文在哪裡？」

「在這裡，正好在橋身下面。」

她率先從棧橋上走下去，埃緹卡與哈羅德也跟在後頭。

隨後，映入眼簾的景象令埃緹卡渾身僵硬。

YOUR FORMA

在橋身下方，距離水邊不遠的陰暗沙地——他「支離破碎」地出現在那裡。倒在地上的軀幹沒有四肢，斷掉的一條手臂掉落在附近。半開的手掌就像要抓住天空一般，一動也不動。兩條腿各自散落在不同的位置。

到處都找不到頭部。

太殘忍了。一股反射性的嘔吐感湧上喉頭，但埃緹卡勉強忍住——冷靜點，這是阿米客思，不是人類。然而光是看到一部分零件，大腦就會自動辨認為人的肢體。透過電索的經驗，埃緹卡還以為自己對血腥的景象已經多少習慣了。

「你們怎麼知道這是馬文？」萊克希果然很冷靜，完全不為所動。「確認過序號了嗎？」

「是的。」回答的警察眉頭深鎖。「根據安格斯副室長的說法，確實沒有錯。」

「我也想看，可以吧？」

「啊，不好意思，請戴上手套。」

博士從警察手中接過手套，毫不猶豫地靠近屍體。她就像剛才的安格斯等人，蹲下來觸碰手腳，然後檢查軀幹。馬文的身上沒有衣物，完全是裸體。這一點使得這幅景象變得更加詭異。

埃緹卡勉強瞄了哈羅德一眼——他的臉色沒有一絲改變，用冷靜得恐怖的表情定睛凝視著兄弟的屍體。

「輔助官——」埃緹卡擠出聲音說道。「你還是去橋上等待比較好。」

「我不要緊，因為這是第二次了。」

埃緹卡有種喉嚨一緊的感覺。沒錯，他以前就曾經親眼目睹死狀悽慘的屍體，而且不是阿米客思，是人類——索頌刑警的屍體。

這樣可以說是不要緊嗎？

難道靠著阿米客思的情感控制能力，連心痛都感受不到？

「原來如此。」萊克希先檢視軀幹的左胸，然後緩緩抬起頭。「很遺憾……這確實是馬文。序號相符，而且皮膚的矽膠材質也是RF型專用的特製品。」

「我剛才也檢查過了。」安格斯無法忍受似的說道。「已經夠了，博士。」

「啊，抱歉。因為我也難以置信……真可憐……」

「——他的屍體出現在這裡多久了？」哈羅德淡淡地開口說道。他的態度非常冷酷，「就像個機械」。「外表看起來幾乎沒有經過風吹雨打的痕跡。」

「是啊……」警察難掩錯愕。「這只是推測，應該還不到一天。」

「原來如此。從平整的切面看來，應該是被銳利的工具切斷的。我認為他的死很有可能是人為——」

「別再說了。」

埃緹卡不禁打斷這番話——然後抓住哈羅德的袖子。埃緹卡知道他轉頭看著自己，但還是無法放手。不要再說下去了。某種難以名狀的感覺刺穿了胸口，然而她無法轉換成具體的語言。

沉默籠罩了他們，獨留河川的厚重水聲。

「那個——」開口說話的人是安格斯。「哈羅德，你暫時離開這裡吧。警方好像要把馬文運送出去……之後再請他們調查詳情吧。」

「……我明白了。」

不知道哈羅德有什麼想法，他輕輕解開了埃緹卡的手，然後轉身離去——埃緹卡目送他回到橋上的身影，沒來由地放鬆了肩膀。

不該再繼續讓他看著這幅景象了。

萊克希博士向警察發問：「所以就像他所說的，是人為的案件嗎？」

「肯定是的。遺體遭到他人分屍，缺少的部分可能已經被丟入河中，所以今後還要繼續搜索……不論如何，這已經構成阿米客思的虐待情事，我們會朝違反機械保護法的方向偵辦。」

「找到頭的話，可以告訴我嗎？只要分析其中的記憶，或許就能查出犯人了。」

「不，如果同樣遭到分屍並沉入水裡，應該已經損壞了。這反而才是犯人的目的吧。」安格斯說道。「可是，為什麼偏偏在這個時候……事情再糟也要有個限度。」

一點也沒錯——發生RF型相關人士襲擊案之後，才剛將執行者的身分鎖定在馬文，他的屍體就出現了。這樣的發展給人一種受盡嘲笑的感覺。

如果警方的評估正確，馬文的屍體就是在一天以內遭到棄置。RF型相關人士襲擊案是在這一週內發生的，而且最新的被害人達莉雅剛好是在一天前遇襲。假設馬文是在襲擊達莉雅之後被捲入某起案件，然後屍體遭到遺棄——這麼想未免太過巧合，實在很牽強。

埃緹卡在不知不覺間摀住眼睛——既然如此，那個RF型到底是誰？如果他既不是馬文，也不是史帝夫，更不是哈羅德……

那到底是什麼？

〈來自憂．十時的語音電話。〉

封閉的視野中跳出YOUR FORMA的視窗——真是夠了，這種縫線讓人連閉上眼睛休息都不行。埃緹卡帶著提不起勁的心情，選擇通話。

『冰枝——』十時的聲音聽起來有些疲憊。『妳已經到現場了嗎？』

「我剛剛才確認……聽說確實是馬文沒錯。」

『這樣啊。』她停頓了一下，似乎是在調整呼吸。『很抱歉要雪上加霜了，我有個壞消息。』

「……是。」

『既然已經發現馬文的遺體，能夠犯案的RF型就有限了。抱歉……我本來也希望能想辦法處理。』

埃緹卡已經沒有力氣回話了。

『國際AI倫理委員會提出了要求——我們電子犯罪搜查局必須請路克拉福特輔助官在明天早上到案說明。』

「我明白了。那麼，我明天早上會去倫敦分局報到。」

這就是聽到消息的哈羅德說出的第一句話。他還是一樣冷靜至極，連埃緹卡都急得想大叫了。

後來鑑識人員抵達現場，在分析蟻開始運作的同時，小心翼翼地回收了馬文的遺體——這起案件屬於當地警察的管轄範圍，電子犯罪搜查局沒有權力插手，於是埃緹卡與哈羅德決定離開現場。

「我也會搭計程車回總公司一趟，因為有接到聯絡。」萊克希趕忙說道。「安格斯，你留在這裡。警方好像有很多關於馬文的事想問。」

「我知道了。」

萊克希與安格斯在這個時候分別。埃緹卡他們坐上共享汽車，離開格雷夫森德——太陽已在不知不覺間下山，車窗外的泰晤士河就像黑色的怪物，冰冷地翻騰著。

需要思考的問題有很多，例如是誰遺棄了馬文的屍體。

不過——埃緹卡把身體靠在副駕駛座，代替已經枯萎的嘆息。

「……你真的要去報到嗎？」

哈羅德仍然握著方向盤，表現得泰然自若。「是否到案說明取決於當事人，不過拒絕只會加重自己的嫌疑，我遲早必須面對。」

「就算如此，你也不是犯人。課長當然也很清楚，所以應該不會做出硬是把你誣陷為罪犯的行為……但是……」

那個冷血的塔爾伯特委員長不知道會怎麼出招——最糟的情況下，他可能會只用一句「馬上讓ＲＦ型停止運作」就想了事。那樣簡直是放棄思考，但從上次的會議來看，那個男人確實有可能那麼做。

「妳是在擔心我吧？」哈羅德露出柔和的微笑。「看到馬文的屍體時，妳也有考慮到我的感受呢。非常謝謝妳。」

「我只是……」

「我很喜歡妳看似冷漠，其實很體貼的個性。」

「……真不知道你這句話到底是褒是貶。」

埃緹卡把頭靠到車窗上——然後心想：「我想聽的不是這種話。」他不可能不感到擔憂。兄弟遭到殺害，自己也有可能被捕，沒有人能保持平靜。

達莉雅遇襲的時候，哈羅德也幾乎沒有顯露感情。

這是他身為阿米客思的天性嗎？

或者——果然是因為埃緹卡不太可靠？

「電索官。」哈羅德還是一樣沉穩。「請問要直接回飯店嗎？」

「我是這麼打算的……有什麼事嗎？」

「妳願意的話，我希望能一起吃晚餐。」

他的目光仍然朝向擋風玻璃——有如凍結湖面的眼睛稍微瞇了起來。這個舉動讓埃緹卡初次覺得其中似乎帶著某種陰影。

「因為從明天開始，我們可能會有一陣子無法見面。」

埃緹卡沒能立刻回應——看吧，果然沒錯。

「……才剛看過屍體，你覺得我會有食慾嗎？」她本來想開個玩笑，結果卻變成拒人於千里之外的語氣了。「我是說，就去你想去的店吧。」
「我會配合妳的喜好。妳想吃些什麼呢？」
「能量果凍。」
「好吧，還是我來決定好了。」
結果，他們的目的地是一間平價英式酒吧。
酒吧位於布隆伯利的冷清巷弄中，以過去真實存在的公爵來命名。據說共有兩處入口的設計是英式酒吧常見的格局，昔日的勞動階級與中產階級被區隔在不同的空間，這似乎就是那個年代留下的產物。
店內的燈光是蜂蜜的顏色，瀰漫著令人昏昏欲睡的氛圍。等待點餐的客人很守規矩地在櫃檯前排隊——埃緹卡坐在餐桌前，呆呆地望著這幅景象。光線乘著檸檬水，在玻璃杯中蕩漾。再過不久，料理應該就要上桌了。
坐在對面的哈羅德正拿起品脫杯，喝著淡愛爾啤酒。杯中的琥珀色液體當然含有酒精，但阿米客思不會喝醉，酒對他們來說就跟普通飲料沒有兩樣。
所以埃緹卡忍不住發問：「明明就不會醉，喝酒還有樂趣嗎？」
「有啊。如果我們以後能搭載喝個爛醉的功能，那就更好了。」
「饒了我吧。」埃緹卡一點也不願意想像。

YOUR FORMA

「對了——」他說話的語氣一如往常。「妳從萊克希博士那裡聽說了我的丟臉事蹟嗎？」

「咦？啊啊……」因為馬文的事，埃緹卡完全忘了。「如果我說是呢？」

「順帶一提，我知道幾件妳以前的丟臉事蹟喔，妳想聽嗎？」

「不要隨便瞎猜，你再怎麼厲害也不可能知道吧。」

「我真的知道。妳還是學生時，曾經在畢業舞會上把同學的…………請不要用已經殺死三個人的眼神瞪著我。」

「你再繼續說下去，就等著變成第四名犧牲者吧。」

「那我就不說了。」

就連閒聊都像在逃避現實，令人喘不過氣——埃緹卡彷彿要將一切都沖掉，喝起了檸檬水。

那個RF型是馬文的可能性已經排除，但小刀刀柄的線索還沒有查明。即使哈羅德去分局報到，還是有可能循著別的管道找出犯人。雖然會花上一段時間，還是不該放棄希望。

埃緹卡在心中鼓勵自己，這時服務生阿米客思把料理端上桌了——是牧羊人派，旁邊附上的蔬菜看起來特別鮮豔。阿米客思也在哈羅德面前放上相同的盤子，留下禮貌的笑容便離去。

接下來的時間，兩人邊吃飯邊聊些無關緊要的話題。牧羊人派包著馬鈴薯泥與絞肉，應該很美味，但埃緹卡吃不太出味道，只有醬料的酸味特別明顯地殘留在舌頭上——埃緹卡有話想對哈羅德說，卻連她自己都不知道究竟該說些什麼才好。她沒有自信能好好表達這份心情。

直到剩下最後一口派的時候，她才總算擠出聲音。

「……我一定會破案的。」

哈羅德已經先用完餐，正好放下刀叉。他還是老樣子，餐桌禮儀非常完美。

「那真是太可靠了。」

「我不是在開玩笑。我會洗刷你的冤屈，逮到犯人，也會記得去探望達莉雅小姐。」埃緹卡不自覺地加快語速。「所以，你別擔心……也別在不安時這麼逞強。」

我也想成為你的依靠——埃緹卡其實很想這麼說，說出口的話卻盡是些斷斷續續的言詞。這樣搞不好連意思都無法完整傳達。

哈羅德不知道有什麼想法，暫時陷入沉默。店內的喧囂膨脹得愈來愈大。埃緹卡想掩飾尷尬的感覺，把剩下的派塞進肚子裡。

過不久，他開口說道：

「馬文不太像人類，是個不成材的弟弟。」

埃緹卡正要拿起玻璃杯的手停了下來。

「最後一次見面已經是六年前的事了，老實說我對他稱不上有什麼牽掛。因為我們的手足之情和人類不太一樣。」

「……這樣啊。」

「只不過——那不是他應得的死法。」哈羅德的目光往窗外投射，看著鮮少有車輛經過的幽暗後巷。「我有時會感到害怕，覺得人類（你們）是不是很擅長在心中豢養猛獸。」

他無疑將馬文的案件與索頌的案件重疊在一起了——哈羅德的纖長睫毛乾燥得冷靜。他的眼神深處究竟隱藏著多麼激動的情緒？還是說，他連激動都辦不到？

埃緹卡不知道。

「至少我……」悲哀的是，自己頂多只能這麼說。「一點也不會想要做出那麼殘忍的事。」

「啊啊……不好意思，剛才那只是一種比喻。我知道妳是個善良的人。」他露出非常自然的微笑。「因為太善良，有時候甚至令我擔心呢。」

「——咦？」

「電索官。」

哈羅德輕輕把手疊在埃緹卡沒能拿起玻璃杯的手上。她沒有立刻把手抽回來，是因為他的表情太過真誠了。

「接下來的事，就拜託妳了。」

轉眼間，時間已經過了晚上十點。

兩人不約而同地站起身時，哈羅德看了一眼手腕上的穿戴式裝置。

「不好意思，我有電話……請妳先到外面等吧。」

他這麼說道，走向店內的電話亭——對象大概是十時課長吧。或許是為了明天要到案說明的事，才會直接聯絡他。

埃緹卡一個人走到店外。冷風吹走了油煙與酒精味，感覺十分舒暢——日落後的倫敦一掃白天的暖春氣息，讓人感到有些寒冷。

手背上還有哈羅德的手指留下的觸感。這份觸感太過沉重——使埃緹卡不禁咬牙。

啊啊，又想吸菸了。

真的能破案嗎？

埃緹卡沒有優秀的觀察眼。如果沒有他在，就連電索都無法順利進行。

到頭來，自己不也跟他一樣不安嗎？

四周杳無人煙，瀰漫著令人窒息的寂靜。

突然間，YOUR FORMA跳出來電通知——〈來自憂．十時的語音電話。〉？打電話給哈羅德的人不是十時課長嗎？

埃緹卡有些困惑地接起電話。「我是冰枝。」

『抱歉一直打給妳。』十時的聲音非常急切。『我正好在調查艾爾芬斯頓學院的畢業生——』

這個瞬間，從背後繞過來的手摀住了埃緹卡的嘴巴。後頸的連接埠有被插入某種裝置的感覺。通話應聲切斷。

*

從電話亭中注視著窗外的哈羅德無意間往斜對面的建築物望去。雖然遠了一點，靠著視覺裝置的放大功能，這點距離不算什麼障礙。二樓有一家餐廳，可以看到人們正在享用餐點的模樣——其中混了一個十分熟悉的身影。

哈羅德靜靜地感到震驚——那個人怎麼會在這裡？

對方還沒注意到哈羅德，看起來似乎是一個人行動，但這不可能是巧合。哈羅德完全沒有察覺自己已經被跟蹤。

都是因為太過專注於另一方了。

目的到底是什麼？為什麼連那個人都要緊跟著他們？

哈羅德一邊思索，一邊拉回視線。

有人正在襲擊埃緹卡。

——糟糕，注意力完全分散了。

哈羅德立刻衝向店外，但為時已晚。對方把癱軟的埃緹卡塞進停在一旁的車子裡，然後直接跳上駕駛座……

轉眼間就駕車離去。

「冰枝電索官！」

這場綁架行動發生在一瞬間。

哈羅德啞然呆立在原地——鋪著整齊石磚的路上鴉雀無聲，只有零星的路燈溫柔地撐起夜幕。

對方竟然做到這個地步，實在出乎意料。

哈羅德馬上開啟裝置的全像瀏覽器，呼叫十時——但在那之前，她就主動打電話過來了。

『路克拉福特輔助官，冰枝的情況很奇怪。她擅自掛掉電話——』

「課長，電索官被犯人綁架了。」

『……你說什麼？』

接著，哈羅德說出自己在車輛駛離時清楚讀取到的車牌號碼。

3

即使恢復意識，埃緹卡的視野仍然被黑暗籠罩。

她察覺自己的眼睛被蒙住了。雖然想呼喊，嘴巴卻被迫咬著布料材質的口銜，無法順利發聲。更糟糕的是，全身都動彈不得。從軀幹與雙腳都被繩子勒緊的觸感來判斷，自己似乎被綑綁在堅硬的椅子上。

冷汗緩緩滲出——這是怎麼回事？

為什麼事情會變成這樣？

埃緹卡用幾乎一片空白的腦袋努力追溯先前的記憶。她還記得自己走到酒吧外面，接起來自十時的語音電話。隨後，有人突然從背後襲擊她。當時她被摀住口鼻，在掙扎的過程中失去了意識——之後就什麼都不記得了。

不過，自己暫且還活著。

這裡是什麼地方？

埃緹卡操作YOUR FORMA，發現自己處於離線狀態。她接著確認工作列。原因似乎在於後頸的連接埠插著的裝置。

顯示詳細內容——〈網路絕緣單元〉。

這是處理機密情報的機構或是想進行數位排毒的人，為了強制進入離線狀態所使用的YOUR FORMA專用裝置。基於安全考量，個人可以在電商網站購買的產品每過幾個小時就會自動恢復連線。

換句話說，只要等待時間經過，自然就能將定位資訊傳送給十時等人。

只不過，自己能不能平安等到那個時候又另當別論了。

埃緹卡想挪開蒙住眼睛的東西，試圖轉動脖子——不行，動也動不了。

啊啊，可惡！

無能為力的恐懼和焦慮令她忍不住緊咬口銜。

綁架自己的凶手想必是襲擊案的犯人，除此之外沒有其他可能性。自己太大意了。

埃緹卡本身明明也屬於RF型相關人士之一——不過，對方不像過去一樣施暴，而是綁架被害人。目的是什麼？自己接下來會遭受什麼對待？

——冷靜一點。

哈羅德肯定已經發現埃緹卡被擄走的事了。

他會與十時等人合作，找出埃緹卡的所在地。

突然間，開門的尖銳聲音傳來。埃緹卡的肩膀反射性抖了一下。是誰？一陣匆忙的腳步聲逐漸靠近。本能敲響了警鐘。不要過來——隨後，蒙住眼睛的東西被扒了下來。

「不要多嘴。」

可能是因為眼睛被長時間蒙著，視野非常模糊。埃緹卡看不清四周——好陰暗。這裡是室內嗎？照明似乎沒有打開。

「埃緹卡．冰枝電索官。」聲音在耳邊響起。「唸出這個。」

埃緹卡終於明白是誰站在背後——是「ＲＦ型」。雖然無法回頭看到對方的臉，但聲音與哈羅德相同，錯不了。

她陷入混亂——這傢伙到底是什麼人？

他用手取下口銜，同時將平板電腦拿到埃緹卡的眼前。螢幕的光驅散了黑暗，把眼睛燒得冒出點點金星。上面似乎寫著一段簡短的英文。

「唸出來。」對方重複說道。「如果妳敢說多餘的話……」

某種冰冷的物體抵在脖子上——不必確認也能知道那是一把刀。糟透了，開什麼玩笑……

「……啊……」埃緹卡一開始無法發出正確的音。「『我是電子犯罪搜查局的埃緹卡．冰枝。若想讓我重獲自由……就請分析哈羅德．路克拉福特的……』」

這是什麼——看到接下來的文章，埃緹卡感到恐懼的同時，無法隱藏自己的困惑。

「『若想讓我重獲自由，就請分析哈羅德．路克拉福特的系統碼。萊克希．薇洛．卡特博士對國際AI倫理委員會說了謊，RF型其實是非常危險的阿米客思。』」

怎麼回事？這傢伙在說什麼？

「『如果沒有在天亮以前進行哈羅德的分析，我將……』」嘴唇擅自開始顫抖。

「『我將永遠無法回到你們身邊。』」

——也就是會被殺死。

平板電腦消失在啞口無言的埃緹卡面前。接著，犯人的聲音響起。「聽到了吧？如果你們還想要冰枝電索官的命，就馬上叫卡特博士分析哈羅德的系統。她一定會試圖掩蓋真相，所以你們要確實監視她。」

我會等到早晨六點——RF型這麼說道。通話對象大概是電子犯罪搜查局，或是十時課長吧。

YOUR FORMA

YOUR FORMA顯示的時間是凌晨兩點。

距離時限還有四個小時。

犯案手法愈來愈激進早已在警方的掌握之內，但沒想到對方會停止單純的施暴，轉而以挾持人質的方式威脅搜查局——犯人的目的究竟是什麼？埃緹卡努力驅動因恐慌而遲鈍的大腦。既然他想要哈羅德的系統碼，目的是盜用次世代型泛用人工智慧嗎？如果是，到目前為止的襲擊又是為了什麼？實在令人摸不著頭緒。

埃緹卡正在思考的時候，又再次被迫咬住口銜——眼睛漸漸習慣了黑暗，開始能看清屋內的環境。這裡是某層公寓的客廳，附近有用舊的可躺式沙發與軟性電視，桌子上放著從埃緹卡身上搶來的自動手槍（芙蘭瑪15）。她往窗戶一瞥，調光玻璃已經切換成霧面模式，看不到外頭的情況。

「初次見面，冰枝電索官。」

犯人緩緩走進視野——那副容貌正如埃緹卡在機憶中看見的RF型。他的臉上果然沒有痣，可是包含金髮在內，他的五官與哈羅德十分神似。

「電子犯罪搜查局似乎會遵照我的要求。」他的臉上沒有任何表情，手上則握著那把折疊刀。「到了天亮，妳就能重獲自由了。」

他口中的自由正如字面上的含意嗎？還是——埃緹卡拚命保持冷靜。找出破綻吧。

對方似乎已經不打算再蒙住自己的眼睛了。總而言之，只要能去除後頸的裝置，就能把定位資訊傳送給十時……

「我會負起責任。」他這麼喃喃自語。「萊克希，這下是妳輸了……」

萊克希？他是指博士嗎？

ＲＦ型轉身背對埃緹卡，往廚房走去。埃緹卡不經意地望著他的背影……

然後懷疑起自己的眼睛。

——這是怎麼回事？

他的後頸「有連接埠」。

而且還跟自己一樣，插著絕緣單元——阿米客思的連接埠通常不會設計在後頸。雖然連接埠的位置會依機型而異，但為了與人類有所區別，這一點是共通。

然而，眼前的ＲＦ型並非如此。

不會吧。

埃緹卡一瞬間忘了呼吸。

也許自己和其他人打從一開始就搞錯了最根本的前提。

「妳要喝些什麼嗎，電索官？」

他從廚房出聲問道——一改剛才的態度，語調聽起來有點客氣。如果只看他這個樣子，實在不像是會威脅人質的嫌犯。

埃緹卡勉強點點頭。

等一下再思考吧——不論如何，必須改變現狀。

過不久，男人拿著裝有飲料的杯子回到埃緹卡身邊。杯裡裝的可能是紅茶或咖啡，正飄著淡淡的蒸氣。他就像剛才那樣繞到埃緹卡背後，取下她的口銜。

「慢慢喝，不要燙傷了。」

說完，他把杯子拿到埃緹卡的嘴邊。

他的手同時靠了過來。

——就是現在。

埃緹卡朝他的手狠狠咬了下去，杯子從他手中掉落。嚇一跳的男人想把手抽回來，但埃緹卡奮力抵抗。在一陣掙扎中，椅子大幅傾斜——接著倒下。全身感受到令人麻痺的衝擊，同時某種東西應聲掉落在眼前。

是球狀的HSB裝置。

這東西就是從後頸脫落的絕緣單元。

〈正在搜尋可連線的網路……已連線。您已恢復連線模式。〉

成功了……！

埃緹卡抱著僅存的一絲希望，開始操作YOUR FORMA。她將定位資訊傳送給十時——接著立刻被猛然壓住脖子根部，呼吸差點停止。

「是啊……」男人的聲音從上方落下。「我差點忘了，妳不是普通的女孩子。」

後頸再次被插入絕緣單元。不過，定位資訊已經成功傳送，接下來只要爭取時間就行了——男人用粗魯的動作把埃緹卡連同椅子一起搬起來。他帶著極度煩躁的眼神，跟埃緹卡四目相交。喀嚓一聲，他打開了原本收起的折疊刀。

埃緹卡當然有考慮到對方惱羞成怒的可能性。不過，他應該不會在天亮之前殺死自己。正因為這麼想，埃緹卡才會採取行動——實際上，這麼做幾乎等於賭博。

與理智的頭腦正好相反，身體頓時失去了血氣。

「是我太蠢才會對妳好。」

男人用嚇人的低音這麼說道，重新握緊折疊刀。然後他抓住埃緹卡的頭髮，就像要把頭髮扯下來，力道相當堅決——忍耐，他不會殺了我。不論如何，再撐一下就好，直到十時等人找到這裡為止。

可是，看到逼近自己的利刃，還是令人背脊發涼。

「拜託妳，不要反抗我。」

刀鋒筆直朝臉部襲來。啊啊，快來吧。埃緹卡不禁閉上眼睛。一股冰冷的觸感劃過臉頰——

快啊……！

「不准動，『艾登·法曼』！」

刀刃的冰冷消失了。

埃緹卡感覺到男人迅速遠離，茫然望著客廳的入口。一群持槍的警察出現在屋內。竟然能無聲無息地攻進這裡——埃緹卡的緊張一口氣解除，原本發冷的身體就像重新燃起火焰，被一股熱氣包圍。

——趕上了。

「放下武器，法曼。雙手置於腦後！」「快救出人質。」「解除警報！除了法曼之外沒有任何人。」「電索官，妳有受傷嗎？」

聽著此起彼落的對話，埃緹卡被趕到現場的警察鬆綁。重獲自由的瞬間，她差點因為虛脫而從椅子上跌落。在警察的攙扶下，埃緹卡好不容易才站起來——轉頭一看，其他警察正壓制住那個男人，給他上手銬。

「我幫妳拿掉這個。」警察替埃緹卡取下後頸上的絕緣單元。「救護車已經抵達外面，請接受診斷，以防萬一——」

別人說的話幾乎進不了耳裡。

被壓制在地的ＲＦ型——被誤認為ＲＦ型的男人仍繼續抵抗。警察按住他的頭，金色頭髮便脫落，露出黯淡的褐色頭髮。銳利的視線四處游移，最後停留在埃緹卡身上。

個人資料跳了出來。

〈艾登·法曼。三十二歲。隸屬於機器人清潔公司「樂衛爾」維修課。〉

所有人一直都誤會了。

先入為主地認為犯人一定是阿米客思。

畢竟誰想得到這個結果呢？

〈資歷——劍橋大學艾爾芬斯頓學院畢業。諾華耶機器人科技公司總公司開發研究部，ＲＦ型開發團隊副主任。「ＲＦ型外表資料提供者」。〉

萊克希博士和諾華耶公司從來沒有說過，ＲＦ型的外表是來自唯一一名人類——哈羅德他們恐怕也不知道這件事吧。

啊，不過……

埃緹卡忍不住萌生不合時宜的安心感。

嫌犯並不是ＲＦ型。

這麼一來——哈羅德就不必到案了。

埃緹卡被帶出公寓，深夜的濃烈晚風輕撫她的臉頰。

住宅區的狹窄巷弄擠滿了聚集而來的警車，藍色警示燈把四周照得像白天般明亮。全像封鎖線對面有一群看熱鬧的民眾，應該是被這陣騷動吵醒的當地區民吧。

「請在這裡稍等。」陪伴在旁的警察這麼說道。「我現在就帶救護隊員過來——」

「冰枝電索官！」

埃緹卡正要往聲音傳來的方向回頭——就被某種東西迅速阻擋了視野。身體可以清楚感覺到環繞在背後的手臂。她晚了一刻才發覺自己被擁抱了。

「妳平安真是太好了。」是哈羅德。他的體溫明明比人類低了許多，此刻卻溫暖得令人驚訝。「我來晚了，真的很抱歉。」

之所以不想把他推開，大概是因為自己真的鬆了一口氣吧。

「輔助官……」埃緹卡開口說話，驚訝地發現自己的聲音在顫抖。「犯人並不是RF型，而是提供外表資料給你們的……」

「是的，我們已經查到了，但現在比起這個——」

「你的嫌疑已經洗清了。」

「確實沒錯，不過埃緹卡——」哈羅德的手觸碰埃緹卡的臉頰。他那張端正的臉龐看起來比以往任何時候都還要緊張。「妳流血了，請馬上接受治療。」

「我沒事，只是被劃了一下。」埃緹卡沒發現自己正任由他擺布。「該不會……在我傳送定位資訊之前，你們就已經找到這裡了？」

「我們已經鎖定特定的地區。」

「哈哈。」不知為何，埃緹卡忍不住笑出聲。感覺有點想哭。「不愧是你。」

「但是，妳的行動是最後的關鍵。」他輕推埃緹卡的背。「救護車來了，去請人看一下吧。」

「不用那麼大驚小怪，我沒——」

兩人正在對話的時候，剛才的警察呼叫的救護隊員就靠了過來。埃緹卡拒絕了，卻眼睜睜地跟哈羅德一起被推向救護車——哈羅德一邊走著一邊打開全像瀏覽器，與十時課長聯絡。另一方面，他的手緊握著埃緹卡的手不放，埃緹卡本身也不自覺地回握他的手。

之所以不想立刻放開，都是因為剛才經歷了非常恐怖的事。

就當作是這麼一回事吧。

搭上救護車之前——埃緹卡突然不經意地回過頭。

YOUR FORMA

遠處可以看到艾登．法曼被架上警車的身影。

4

「法曼，我再問你一次。你犯案的目的是傷害卡特博士的名譽嗎？」

電子犯罪搜查局倫敦分局——偵訊室裡，艾登．法曼坐在冷冰冰的桌子前。重新看著燈光下的他，會發現他的五官雖與哈羅德他們一模一樣，卻更年長。黯淡的褐色頭髮與古板的眼鏡讓人乍看之下不會聯想到RF型的外表資料提供者。

「聽說你跟博士就讀艾爾芬斯頓學院的時候，就已經是彼此熟識的關係。」分局的羅斯輔助官坐在法曼的對面，繼續說道：「你和她一起進入諾華耶公司就職，曾在專門製作RF型的開發團隊中擔任副主任。不過，因為與博士產生意見分歧，你在RF型完成之前就離開了團隊……你是因為單方面對她懷有恨意才會犯案嗎？」

法曼那形狀漂亮的嘴唇仍然緊閉。

「我聽說你們是朋友關係，你對她是否抱持什麼特別的感情？」

他還是一樣只回以空虛的目光。

「根據過去的紀錄，你曾以虛構的罪名告發博士。你從以前就對她懷恨在心嗎？」

法曼沉默地垂下視線——他始終維持這種態度。隔著雙面鏡觀看整個過程的埃緹卡不禁嘆氣。

「看來他打定主意要保持緘默了。」

「真是傷腦筋。」身旁的哈羅德也嘆了口氣。「博士接受偵訊時是怎麼說的？」

埃緹卡想起剛才旁聽萊克希的偵訊時發生的事——她的偵訊是在分局一樓的會議室進行。博士面對搜查官的態度就像個挨罵的孩子。埃緹卡當時站在牆邊，旁聽了偵訊的內容。

「所以卡特博士——」搜查官以事務性的語氣發問。「妳的意思是，妳從來沒想過艾登·法曼可能是襲擊案的犯人嗎？」

「從來沒想過。」萊克希似乎不太服氣。「畢竟艾登給人的印象根本不像RF型那麼亮眼……而且，誰想得到有哪個笨蛋會特地裝扮成阿米客思？」

「實際上確實發生了那樣的案件，我們才會傳喚妳過來。」搜查官臉上沒有一絲笑意。「冰枝電索官為了追查犯人的凶器，到妳府上拜訪的時候，妳也沒想到這個可能性嗎？法曼明明跟妳一樣，屬於艾爾芬斯頓學院的畢業生。」

「很遺憾，因為我對他已經沒什麼興趣了……所以忘了這回事。」

「但是，法曼是RF型的外表資料提供者吧。妳真的一點也沒有想到會是他嗎？」

「你或許覺得我很笨，但我『真的一點也』沒有想到。」

阿米客思的外表通常是混合好幾名人類的容貌所製成。之所以採取混合的做法，當然是基於倫理方面的原因——為的是防止產生所謂的「分身」。不論是誰，看到神似自己的阿米客思正忙著打掃或做家事的樣子，內心肯定不會感到高興。

不過，萊克希博士直接將艾登・法曼的容貌使用在RF型上。諾華耶機器人科技公司也很清楚這一點，卻由於法曼本身表示同意，也因為他屬於開發團隊的一員，於是認可了這個特例。

而諾華耶公司也跟博士一樣，沒有察覺法曼與犯人的關聯。

「我反倒想問——」萊克希一臉倦怠，把頭髮往上撥。「這起案件發生的時候，我們正在調查史帝夫失控的原因。正常來講，最可疑的就是馬文了，會先想到艾登的人才奇怪吧。」

況且，對諾華耶公司來說，先前那則八卦才剛引起惡夢般的騷動，搞得他們焦頭爛額，會因此失去冷靜的判斷能力確實無可厚非。

「那麼，妳將法曼的外表資料完整使用於RF型的理由是什麼？」

「……這跟案情有關係嗎？」

「妳對嫌疑人有什麼特別的感情嗎？」

「怎麼可能。」萊克希有些煩躁地聳肩。「我跟他是舊識，總之就是為了表達敬意，另外就是單純的喜好。那張臉放在人類身上太可惜了。」

「原來如此。」搜查官只有動了一下眉毛。「可是……法曼在RF型完成以前，就因為與妳意見相左而退出了開發團隊。據說他一次也沒有直接見過完成的RF型呢。」

「這件事你是從哪裡聽來的？」

「我們以線上偵訊的方式詢問了當時在團隊中的其他成員。」

「天啊，也太多嘴了吧，看來他們真的很討厭我……」

「妳似乎曾受到他的告發，請問這是事實嗎？」

「對啦對啦，是事實。」萊克希自暴自棄地靠到椅背上。「艾登辭職之後也繼續找我麻煩……大概是看我很不順眼吧。」

埃緹卡想起了塔爾伯特委員長在先前的會議上說過的話。

『聽說製作RF型的時候，開發團隊內部也鬧得烏煙瘴氣嘛。團隊解散之後還遭到告發的主任，妳大概是史上頭一例吧。』

針對RF型的開發內容，法曼與萊克希之間發生了爭執。

「具體來說究竟是什麼樣的糾紛，可以請妳告訴我們嗎？」

「因為關係到商業機密，不太能說。其實也沒什麼大不了的啦，只是平凡又無聊的理由……在我看來。」

法曼退出開發團隊，以不實的理由告發了博士，卻因為證據不足而不起訴。騷動平息以後，雙方這九年來似乎完全沒有聯絡。

「換句話說，我連他在哪裡做些什麼都不知道。他目前在做什麼來著？清潔公司的維修人員？那可不是擁有博士學位的他該做的工作呢……」

那個時候的萊克希帶著有些同情的眼神——至少不像是對曾經鬧翻的對象會露出的表情。

埃緹卡向哈羅德轉述到這裡，不禁用鼻子嘆氣。「她看起來並不像在說謊。可是，我畢竟沒有像你那樣的千里眼。」

「如果我也能旁聽就好了。」哈羅德因為與萊克希博士的關係太過親近，不得參與她的偵訊。「可是，目前我想不到博士有什麼包庇法曼的理由，所以我們應該相信她說的是實話。」

「我也持相同的意見。只不過……關於外表資料提供者的事，博士至少也該告訴你們這些當事人。」

「我完成的時候，法曼已經退出開發團隊了。既然是不歡而散，也難怪她連談到這個話題都不願意。」

「這也是他保持緘默的原因嗎？」

「很難說呢，我也沒有確切的根據。」哈羅德注視著雙面鏡，瞇起眼睛。「可以確定的是，他抱著相當達觀的心態。雖然被捕的嫌犯有時候會出現類似的情形。」

「因為計畫失敗而燃燒殆盡……之類嗎？」

過了幾十分鐘後，十時課長發出電索票——這時羅斯輔助官還耐著性子，持續對法曼發問。

『如果潛入法曼可以查出他的動機就好了。』以全像模組通話的十時有些擔憂地說道。『冰枝，如果妳覺得太吃力，我會請其他電索官來幫忙，儘管開口沒關係。』

埃緹卡毅然決然回答：「我能潛入，沒問題。」

『是嗎……千萬別勉強了。』

十時考量的是埃緹卡昨晚遭到綁架的事。埃緹卡本身並沒有想太多，但被歹徒挾持可說是相當壯烈的經歷，不少被害人甚至可能因為當時的恐懼而出現心理創傷的症狀——但幸運的是，自己並沒有產生類似的反應。具有電索官資質的埃緹卡在遺傳因子方面有著很高的精神壓力耐受度，她就是因此受惠。

話雖如此，當時真心感到恐懼也是事實。

『在這種情況下動用天才電索官是有點奢侈，不過就拜託妳了。』

於是埃緹卡與哈羅德走進偵訊室。羅斯輔助官一見到他們便像是得到老天爺的幫助，立刻開始著手準備。他將法曼帶往簡易床架，讓他躺在上面。埃緹卡替他注射鎮定劑，他也完全沒有抵抗。

可是，當埃緹卡把〈探索線〉插入他的後頸時——

「冰枝電索官。」

法曼的眼神稍微恢復生氣，看著埃緹卡——現在埃緹卡能明白，他的雙眼已經遭到鏽蝕，與哈羅德那對湖水般的眼睛一點也不像。

「拜託妳追溯到遙遠的過去。」

艾登・法曼因為鎮定劑的作用，就這麼閉上眼睛。

他是什麼意思——埃緹卡皺起眉頭。對嫌疑人進行電索的時候必須遵守義務，通常只會挖掘與案件有關的機憶。即使對象是嫌疑人，也應該保障其基本人權與隱私，這就是搜查局奉行的普世價值。

「妳沒有必要照做。」哈羅德從旁說道。「他或許是想讓妳看到更多機憶，藉此博取妳的同情。即使他表現出達觀的態度，從他保持緘默的行為來看，應該還不能接受自己被捕的結果。」

原來如此。想要訴諸情感，尋求減刑的機會嗎——當然，自己可不吃這一套。

埃緹卡完成三角連線，面對面仰望哈羅德。

「輔助官，準備好了嗎？」

「隨時都可以開始。但如果妳的臉色有異，我會馬上把妳抽離。」

「……不用因為那種小事就抽離。」

埃緹卡心裡覺得他有點過度保護，但現在回想起來，他也跟十時一樣擔心自己——突然間，在公寓外被他緊緊擁抱的記憶又復甦了。

一時之間，埃緹卡莫名地害臊起來。而且自己當時別說是放開，甚至還一直握著這傢伙的手，就在眾目睽睽之下——太扯了。仔細想想，自己真是不爭氣。好想消失。

「妳怎麼了？心情還是不太好嗎？」

「沒有啦我好得很真的沒什麼。」

埃緹卡清了清喉嚨，從一臉狐疑的哈羅德面前別開臉——阿米客思對任何事物都是過目不忘，所以只能祈求他至少不要想起來。

總而言之，現在的重點是法曼。好不容易才找到嫌疑人，必須集中精神才行。

埃緹卡吐出一口氣。

「——開始吧，路克拉福特輔助官。」

YOUR FORMA

看到哈羅德點頭後——埃緹卡閉上眼睛。

身體無聲地墜落。這個瞬間，頭腦感覺到繁雜的思緒一掃而空——視野迅速展開。電子之海張開雙臂。

前往法曼的〈表層機憶〉。

首先映入眼簾的，當然是昨晚綁架時的機憶。被綁在椅子上的埃緹卡本身出現在眼前——緊繃的壓迫感覆蓋著腦袋，使埃緹卡不禁皺起臉。就像是壓抑了所有感情，令人喘不過氣——法曼的內心有某個部分正在哀號。罪惡感？兩難？『對不起。』彷彿能聽到這樣的低語。『我並不想傷害妳。』『我別無選擇。』『我到底在做什麼？』『這是必要手段……』『非得這麼做不可。』

這是怎麼回事——埃緹卡無法隱藏自己的驚訝。

這一點也不像是犯下連續襲擊案的嫌疑人會抱持的感情。

他的心理狀態究竟是怎麼了？

機憶持續流入——是那家英式酒吧。店門正好打開，埃緹卡走到戶外。法曼從停在路上的車輛中仔細注視她的一舉一動，腦中思考著『現在應該能擄走她』。等等。打從一開始，法曼就已經鎖定自己為下一個目標了嗎？

埃緹卡感到困惑，開始確認他的想法與事實的關聯。法曼竟然在襲擊達莉雅的隔天就找出了哈羅德，並將目標鎖定在一起行動的埃緹卡身上。不對，當初他很猶豫？他也同時考慮過擄走哈羅德的計畫，但認為很困難——阿米客思的系統與YOUR FORMA一樣，搭載了定位資訊。想切斷定位資訊的話，必須命令阿米客思將它關閉，如果辦不到就只能使其停止運作了。可是，完全停止運作的程序大約需要十分鐘，這段期間仍會持續傳送定位資訊，所以要綁架他們並不容易。

因此，他決定跟蹤埃緹卡。他一直跟著兩人在飯店、搜查局、諾華耶公司等地到處跑，但就是找不到埃緹卡落單的瞬間。

所以埃緹卡當時露出的破綻對法曼來說，是千載難逢的好機會。

理解到這裡，埃緹卡開始覺得有些不對勁——自己會在那個情況下單獨行動，根本的原因是傻傻地走出了那家店。沒錯，因為哈羅德要接電話。

……那個時候，他是怎麼說的？

『請妳先到外面等吧。』

胸口開始躁動。

——不會吧，怎麼可能。

然而仔細想想，邀請自己去那間英式酒吧的人就是哈羅德。店面位於人煙稀少的巷弄，監視無人機的巡邏也稱不上頻繁。他並沒有解釋選擇那個地點的理由——當時，哈羅德尚未洗清涉案的嫌疑，不得不在隔天早上到案說明，從旁人的角度來看也能清楚知道他已經無路可退。

突然間，機憶產生了亂流。埃緹卡感到毛骨悚然。她很清楚這種扭曲的原因。逆流的徵兆。

騙人的吧？這陣子明明都能控制，怎麼會。是因為剛才一瞬間感到不安嗎？不該這樣，太脆弱了。那根本——

『埃緹卡。』

姊姊那銀鈴般的聲音——好久沒有聽到的呼喚實在太令人懷念。她揚起豐盈的秀髮，回頭望過來，稚氣未脫的臉上浮現成熟的微笑。

『握住我的手。』

不對，我應該已經揮別這段回憶了，已經不要緊了。就是因為決定一個人走下去，才會放手。已經沒事了。沒事——我得回去才行。啊啊。

埃緹卡努力穩住方向。

然後修正軌道，往法曼的機憶前進——一股來路不明的嘔吐感湧了上來。她拚命追溯機憶，同時將手伸向網路上的足跡。電商網站的購買紀錄包含了零星的犯案道具，例如假髮、粉底等化妝用品，再加上角膜變色片，以及絕緣單元與繩子。埃緹卡確認他的電子信箱，發現數十則未讀的訊息，全都來自他所任職的清潔公司。他為了犯案，已經無故曠職了一陣子，公司正打算放棄他——他很清楚再這樣下去會被開除，就乾脆不回覆了。對他來說，犯案比工作還重要嗎？

來到RF型相關人士襲擊案的機憶了。聽到被害人接二連三發出的慘叫，埃緹卡很想摀住耳朵——『還沒嗎？』法曼一方面襲擊被害人，一方面在網路上不斷搜尋案件的資訊。『還是沒有嗎？』他檢查新聞影片，連當地的小報都看過了。『為什麼沒有報導？』煩躁與焦慮的感覺就像悶燒的火勢，逐漸蔓延。『這樣還不夠嗎？』『只針對相關人士是不行的，也得攻擊一般人。』然而即使刺傷了達莉雅，他犯下的案件仍然不見天日。『只能改變做法了。』『找到了哈羅德。』『下次要更狠。』——埃緹卡無聲地呻吟。隨著犯案手法愈來愈激進，他就更壓抑內心的動搖與罪惡感，彷彿要將自己的心敲打成扁平的形狀。什麼都不要感覺。不要感覺。不要感覺。

雖然原由完全不同，試圖扼殺感情的做法就跟過去的埃緹卡一樣。正如努力成為機械的年幼的自己——為了犯案，他不得不做到這個地步。他犯案的意志非常堅定，理由是什麼？他的「源頭」在哪裡？

最令埃緹卡在意的是——

法曼的機憶之中，沒有記錄任何一絲對萊克希的仇恨。

滲透在他心中的是更加沉重的情感——每晚，他都會在睡前思考一件事。如果當時自己有那麼做，或是這麼做就好了。刺痛胸口的後悔讓他輾轉難眠，一次又一次。然後在夢中，他見到了她。

夢境十分清晰，幾乎就像是現實中發生的事——一名少女坐在樹蔭下。從帶著藍色調的深褐色頭髮及銀框眼鏡，可以看出她是大學時代的萊克希・薇洛・卡特。

『萊克希。』

法曼一呼喚——她那對黑夜般的眼睛便望了過來。

夢境內容僅止於此。

可是，夢裡的世界明亮得出奇，就像星星一樣。

回過神來，自己已經完全沉浸在〈中層機憶〉之中。埃緹卡最後抵達了「源頭」的機憶，一個熟悉的東西躍入視野。

【獻給王室的阿米客思竟對人類開槍！】

那是報導史帝夫一案的小報所刊登的八卦新聞——一看到這則新聞，法曼便暫時無法呼吸。『為什麼？』『事到如今才……』他的心就像有水滴落入，慢慢擴散出漣漪。這是——決心嗎？他下定決心犯案。為了掌握線索，他直接接觸了撰寫報導的記者，取得特別開發室相關人士的個人資料。

簡而言之，就是那則八卦重燃了法曼心中的某種火苗。

羅斯輔助官稱之為「怨恨」。但是，埃緹卡不明白。在他的機憶中，完全找不到任何類似怨恨的意念。別說是恨了，甚至有種淡淡的——該怎麼形容才好呢？感覺更像是溫柔得輕輕一碰就會崩潰的情感。

突然間，被抽離的感覺來了。

〈探索線〉被應聲拔出，埃緹卡回到了偵訊室——哈羅德似乎認為沒有必要繼續潛入了。他們確實已經掌握整起事件的來龍去脈，也取得動機與犯案的證據。不過——唯獨感情，仍然留有疑點。

「他下定決心犯案的契機似乎是那份小報呢。」哈羅德的聲音讓埃緹卡回過神來。「他恐怕是看到那則八卦，認為可以利用這一點讓萊克希博士失勢吧。事實大致上都符合羅斯輔助官的偵訊方向。」

身為輔助官的哈羅德並不會接收到包含在機憶中的感情。能感覺到這些情緒的，終究只有身為電索官的埃緹卡。他會如此判斷也無可厚非。

「可能就像你說的那樣……但我覺得有點奇怪。」

「這話怎麼說呢？」

「他並不恨萊克希博士。」埃緹卡取下〈安全繩〉，同時看了一眼躺在床上的法曼。鎮定劑很有效，他還在沉睡。「真要說的話……該怎麼形容呢？我總覺得他是基於責任感之類的感情才犯案。」

「妳的意思是他的行為與感情不一致嗎？」

「對……也許我該追溯到更早以前的事。」

「或者，要不要暫時申請精神鑑定呢？」

這麼說確實也有道理——假設嫌疑人的精神狀態有某種異常之處，有時候不會基於恨意犯案。因為扭曲的愛意，或是沒有理由的使命感而犯下殺人罪的案例確實存在，所以他們也無法排除法曼具有類似問題的可能性。

「我知道了，先申請鑑定吧。」

「我說電索官——」突然間，哈羅德擺出擔憂的態度。「剛才發生了久違的逆流現象，妳的狀況果然還是……」

「我沒事。」埃緹卡打斷了他。「我只是有點睡眠不足，身體不舒服而已。」

或許是因為自己堅決不對上眼，他也沒有繼續追問下去——然而，在機憶中領悟到的事就像疙瘩一樣，緊緊黏在胸口。

無論如何都不會輕易脫落。

結束電索的埃緹卡與哈羅德下到一樓的時候，萊克希博士正在會客廳的沙發上操作平板電腦。她一注意到兩人便站起身，悠閒地走了過來。

「你們兩位好啊。」

「博士，原來妳還沒回去。」

「因為我聽說你們要電索艾登，覺得有點好奇嘛。」

埃緹卡想起自己在艾登・法曼的機憶中感受到的情緒。他對萊克希抱著與憎恨相去甚遠的某種淡淡意念。

哈羅德說道：「因為偵查不公開，我們不能透露電索的內容。」

「我當然知道。我只是想問問……他過得還好嗎？」

這句話與其說是刺探遭到警方逮捕的嫌疑人，更像是關心謝絕會面的朋友是否平安，口氣聽起來與現況有些不搭調——萊克希在剛才的偵訊中堅稱她對法曼沒有特別的感情，但還是放不下心嗎？

埃緹卡回答：「他的身體看起來沒有什麼異狀。只不過……我們已經申請精神鑑定了。明天早上，他就會被移送到市內的醫療中心。」

「精神鑑定？」她似乎嚇了一跳。「他確實有認真得讓人覺得詭異的一面……但沒想到這麼嚴重。」

哈羅德用柔和的語氣勸道：「不論如何，博士都不需要擔心。」

「噢，這麼說也對。」

「博士——」埃緹卡忍不住開口發問。「妳不用勉強回答我……請問妳跟艾登・法曼之間是什麼關係呢？」

聞言，萊克希立刻露出狐疑的表情。

「電索官，妳有聽到剛才的偵訊吧？他是我朋友。啊，應該說前朋友。」

「其實不是更加親密的關係嗎？」

「咦咦？不是不是。」她困惑地搔搔臉頰。「硬要說的話，算是摯友吧。能跟我對等相處的人大概也只有他了……不過，我們已經決裂就是了，他還恨我恨得要犯下這種案件呢。」

埃緹卡對哈羅德使了個眼色——他輕輕點頭。也就是說，從哈羅德的角度來看，萊克希並沒有說謊。既然這樣，也許她真的沒有其他意思。

「算了，他沒事就好。」萊克希的微笑看起來有些寂寞。「我要回去了。從明天開始，我還得協助調查馬文的事呢。」

於是，她快步往出口走去。途中，她親切地對站在一旁的警衛阿米客思打了招呼——萊克希自己應該也對法曼有什麼想法吧。畢竟是二度遭到老友背叛，她再怎麼豁達，內心也不可能沒有任何波動。

「電索官——」哈羅德發問了。「剛才那個問題是什麼意思呢？」

「沒有啦……只是我個人想確認。」埃緹卡莫名無法正視他的臉。「等一下還要去探望達莉雅小姐吧，我們也差不多該出去了。」

埃緹卡說著，逃也似的邁出步伐——哈羅德的視線在背後望著她，相當刺人。

5

『這麼一來，你們的工作就暫時告一段落了。根據法曼的鑑定結果，可能還有電索的必要，但明天應該可以休假一天。』

十時課長出現在哈羅德的裝置所開啟的全像瀏覽器之中——就跟以前一樣，愛貓甘納許窩在她腿上，緩緩地搖著尾巴。

『話雖如此……既然達莉雅小姐還沒恢復意識，你們大概也沒有心情放鬆吧。』

「是啊。」哈羅德露出不置可否的微笑。「……對了，馬文的案件怎麼樣了？」

『我拜託對方一有進展就通知我，既然沒有收到聯絡……大概就是那麼回事吧。』

「這樣啊。」他似乎把嘆息吞了回去。「真希望我也能參與搜查，那樣總比交給當地警察好多了。」

「你的眼力確實能派上用場——」埃緹卡在一旁說道。自己也能理解他的心情，但既然是管轄範圍之外的案件就沒轍了。「可是電子犯罪搜查局再怎麼厲害也很難兩度搶到搜查權，況且馬文的事跟法曼一點關係也沒有。」

「我當然明白，那只是我個人的願望。」

『有什麼消息的話，我一定會通知你們。』十時這麼安撫。『冰枝，妳也千萬別勉強，知道了吧。』

「我什麼問題也沒有。」埃緹卡望向瀏覽器。「課長，請不要過度擔心。」

『不要逞強了，就連動物也會產生心理創傷。像我家的甘納許，只因為我很久以前不小心讓牠誤食真的貓食——』

「那可真糟糕我明白了我會小心而且慢慢休養的。」

『這就對了。如果有什麼不適，隨時都要接受心理諮商喔。』

隨著全像瀏覽器關閉，過度保護的上司留下殘影後消失——離開倫敦分局的埃緹卡他們沿著泰晤士河走著。從分局前往達莉雅住院的綜合醫療中心只需步行約十五分鐘，距離相當近。

「妳何必那麼急呢？」哈羅德不禁失笑。「課長再怎麼樣也不會連這種時候都要傳貓的照片給妳吧。」

「先下手為強。」埃緹卡定睛看著前方。「等到她進入那個模式就太遲了。」

天空在不知不覺中入夜，街道被燈光點綴得十分繁華。泰晤士河好似乘載著星光，閃閃發亮——途中經過的千禧橋也在夜景中浮現藍色的輪廓，遠方可以看見莊嚴的聖保羅大教堂。

即使包含肆意跳出的ＭＲ廣告，這幅景色依然很美。

「對了，電索官。」他忽然瞥了埃緹卡一眼。「妳的傷口還好嗎？」

埃緹卡想起這件事，伸手觸碰臉頰——被法曼的折疊刀劃傷的地方貼上了免縫膠帶。所幸傷口很淺，留下疤痕的可能性似乎也很低。

「沒什麼大不了，而且也不會痛了……」

說著說著，下巴就是忍不住顫抖。

自己明明絕口不提——為什麼你要這麼問？

發生逆流時萌生的念頭膨脹得愈來愈大，幾乎要炸開了。

哈羅德應該也早就察覺埃緹卡心裡的想法了。可是不知為何，他一直假裝不知道。

如果是平常，他明明會很厚臉皮地馬上拆穿埃緹卡。

一股莫名的氣憤湧上心頭。

「路克拉福特輔助官。」

埃緹卡停下腳步——哈羅德晚了幾步才停下來。

「怎麼了嗎？」

「我知道你什麼都能看穿。」喉嚨不由自主地使勁。「既然如此，其實……你早就注意到了吧。」

注意到埃緹卡被綁架的那一天，艾登．法曼在跟蹤他們兩個人。

埃緹卡想起自己剛才潛入法曼的機憶時看見的情形——他為了綁架埃緹卡，換乘好幾輛共享汽車，一整天尾隨兩人。具體來說，從埃緹卡離開飯店並與哈羅德會合，拜訪萊克希的住家——然後進入那間英式酒吧為止，他一直都跟著。

不甘心的是，自己沒有發現任何跡象。

然而，哈羅德不可能沒有察覺。

「達莉雅小姐被捲入的時候，你一定心想無論如何都要逮到犯人。」埃緹卡下意識地將雙手插進外套的口袋。「可是，因為發現馬文的屍體，你不得不到案說明。再這樣下去，你就不能繼續辦案了……所以，你決定跳過按部就班的搜查方式。早已察覺法曼正在跟蹤的你『決定把我當成誘餌，透過我來逮捕他』。」

哈羅德微微皺起眉頭。「……妳在說什麼？」

「不要裝傻，我已經全都知道了。」

「這是個天大的誤會，我當時也沒有發現法曼在跟蹤我們。」

「那就讓我看你裝置裡的通話紀錄。」埃緹卡瞇起眼睛瞪著他。「在酒吧裡的那個時候，『你的電話並沒有響』。為了讓我落單，你說了謊。」

哈羅德沒有馬上開口，端正的臉龐浮現的困惑逐漸消融——轉變成冷酷的面無表情。埃緹卡知道這張臉。知覺犯罪之際，他拆穿埃緹卡的藥盒鍊墜裡面裝著什麼時，也是這種表情。

這一面恐怕才是「真正的哈羅德」。

在河岸邊散步的人群就像影子般，逐漸遠去。

「——好吧，我承認。」他冷靜得無情。「我確實將妳當成了誘餌。正如妳的猜想，電話那件事是我的謊言。」

啊啊——埃緹卡的腳步開始搖晃。為什麼自己一次也沒懷疑他，對他深信不疑呢？不對，根本就沒有任何懷疑的餘地——另一方面，一半的頭腦莫名地冷靜。自己從知覺犯罪的時候開始就很清楚這傢伙是會採取這種手段的機械，所以事到如今也沒什麼好驚訝的。

YOUR FORMA

但是——

不知為何，呼吸漸漸變得困難。

「電索官，請容我澄清一點。」哈羅德的口氣非常自制，無法從中讀出情緒。「我一點也沒有要讓他綁架妳的意思，我的敬愛規範根本不會容許我使妳暴露在危險之中。我只打算在自己的視線範圍內引誘法曼，然後由妳親手逮捕他。」

會認為這麼說就足以解釋，實在像極了機械。

「就算是那樣，你把我當作誘餌的事實還是不會改變。」

「……是的，一點也沒錯。」他委婉地垂下視線。「我很抱歉。」

突然間，臉頰上的傷口發熱似的隱隱作痛——對他來說，達莉雅是重要的家人，自己能理解他為何會積極投入搜查。應該說自認為可以理解。正因如此，埃緹卡才想努力分擔他的憂慮，成為他的依靠。

可是——另一方面，眼前的阿米客思都想了些什麼？

遭到法曼綁架的時候，自己只能聽天由命地等待救援。

她相信哈羅德等人一定能找到自己，才冒險傳送了定位資訊。

埃緹卡回想自己從公寓獲救的時候，那股難以形容的安心感——想起哈羅德跑過來擁抱自己，以及他那機械特有的幽微體溫。

埃緹卡坦然地相信了這一切。

而與埃緹卡牽著手的他究竟有什麼盤算，埃緹卡一無所知。

眼頭沒來由地開始發熱。內心漸漸感到羞恥，甚至想消失。

——自己根本就只是個大笨蛋。

「為什麼？」嘴巴擅自動了起來。「為什麼你一開始不跟我商量？你明明不必做出那種像是欺騙的行為。如果你說要用誘餌戰術引出法曼，我也願意配合啊。」

哈羅德靜靜地睜大眼睛。

「我沒有想到這個方法。」

「你在說什麼？」不知為何，自己的臉抽搐似的笑了。「沒有想到？沒有想到是什麼意思？我們不是搭檔嗎？搭檔本來就該互相商量……」

滔滔不絕地說到這裡，埃緹卡才領悟——他想不到也是理所當然的。

因為對哈羅德來說，人類只不過是「棋子」，並不是能互相商量的對等對象。其中不包含惡意或輕蔑，只有純粹的判斷——這種事，自己應該早就看透了。因為連埃緹卡放下纏的事都在他的計算之內。

埃緹卡原本認為那樣也無所謂。

因為自己確實被他拯救了。

但是——她似乎到了現在才初次體會到他的可怕之處。

『雖說是在思考，他們跟我們的思考程序有很大的不同。』

萊克希說過的話頓時在腦海中復甦——RF型與量產型阿米客思不同，確實具有獨立的思考迴路。不過，那仍然是黑盒子，沒有人能窺知其中奧祕。

可以確定的是，他的價值觀與身為人類的自己有著莫大的差別。

即使埃緹卡已經開始將哈羅德視為搭檔。

他也一定不這麼想。

「我很抱歉。」阿米客思的聲音將埃緹卡拉回現實。「的確，妳說得一點也沒錯，我應該找妳商量的。我絕對不會再做出這種——」

「你真的那麼想嗎？」

自己應該相信他的反省。不論過程如何，他們都成功逮捕了法曼。這麼一來，被害人就不會再增加了，埃緹卡本身也沒有生命危險，所以應該接受他的道歉。

可是——她還是辦不到。

情緒的浪潮就是停不下來。

「我敢說你還會做出同樣的事，因為你根本不考慮我會怎麼想。不管我多生氣，你也覺得只要跟平常一樣說些甜言蜜語就能蒙混過去。」啊啊，想停也停不下來。胸口陣陣抽痛，就像要裂開了。「我都明白。實際上就是多虧有你的計畫，我們才能逮捕法曼。而且我需要你的存在，當然是為了工作。就算如此……我也想整理一下心情。」

「電索官，請聽我說。我──」

「抱歉，我今天不能跟你一起去探望了……讓我靜一靜。」

此刻的哈羅德臉上是什麼表情呢？埃緹卡無法正視。她低著頭，以小跑步的速度沿著原路走回去──擦身而過的人們散發著陌生的味道，彷彿要擴大自己的傷口。迎面而來的晚風是那麼溫柔，溫柔到狠毒的地步。

埃緹卡緊抓空虛的胸口。

自己為什麼會如此受傷呢？

他是機械。不論設計得再怎麼像人，甚至能理解人類的感情，他也不可能在真正的意義上體會人的心境。這是當然的。所以自己從來就沒有抱持任何期待──如果能這麼坦然接受一切，不知道該有多好。

不知不覺間，埃緹卡已經很信任哈羅德了。

到了現在，她才察覺自己是這麼想的。

原以為彼此能成為對等的搭檔。

但不論覺得距離有多麼靠近，他與自己之間仍然有著決定性的差別。

YOUR FORMA

今晚，綜合醫療中心的加護病房也充斥著監控生命徵象的電子音。

達莉雅還是躺在床上，昏迷不醒。蓋住口部的氧氣罩有柔和的霧氣出現又消失，不停反覆著。這微弱的呼吸是唯一的希望——哈羅德握著她的手，專心數著反覆的次數。

達莉雅是自己最想保護的人，也是必須保護的人。

索頌下葬的那一天，哈羅德如此發誓。

正因如此，他絕對不能因為不白之冤而退出搜查。現在已經沒有時間慢慢蒐集謎題的拼圖了。基於這個想法，他確實採取了強硬的手段。

也就是將埃緹卡當作誘餌。

實際上，艾登·法曼綁架她的行為出乎哈羅德的意料。

當時他被法曼以外的另一個尾隨者轉移了注意力，晚了一步才察覺到異狀。再加上埃緹卡本身也正在跟十時通電話，露出了很大的破綻。

她剛才離去的身影深深烙印在哈羅德的記憶中。那副表情像是快要哭出來，顯然非常受傷。循環液的溫度微幅上升——只要埃緹卡沒有察覺自己的企圖，就不會有任何問題。不過，哈羅德早已向她暴露自己的作風，她會直覺有異也不奇怪。

自己的想法實在太天真了。

因為過於心急。

『如果你說要用誘餌戰術引出法曼，我也願意配合啊。』

埃緹卡的主張，哈羅德真的連想都沒想過。畢竟他到目前為止始終不會讓對方察覺到真相，一個人用這種方法走到今天。這麼做比較確實。況且自己很清楚，對大多數人類而言，這種做法既不誠實也不受歡迎——即使對象是曾一度坦承祕密的埃緹卡，這一點仍不會改變。

所以這次也一樣，哈羅德原本打算獨自解決一切。

然而，結果卻是這副德性。比起被綁架本身，埃緹卡看起來更像是對哈羅德什麼都沒有透露的行為感到憤慨。

為什麼？

自己愈來愈不明白了。

到底是哪一步做錯了？選擇什麼方法才是正確答案？

『讓我靜一靜。』

根據系統的推測，埃緹卡很有可能提議拆夥——啊啊，真的搞砸了。可以的話，自己明明不想再放開她的。

該怎麼辦才好？

結果，他仍然找不到答案。

哈羅德無意間心想，也許自己一點也沒能看穿埃緹卡。

*

隔天早上，一則消息傳了過來。

倫敦分局持有的多輛汽車分別在不同地點引起交通事故，其中也包含了移送艾登・法曼的車——在這陣騷動中，法曼趁機逃逸。

第三章——我們身在沒有門的小房間
YOUR FORMA

1

艾登・法曼逃逸的消息對埃緹卡來說，簡直是晴天霹靂。

當下的她正窩在旅館的床上。因為昨晚與哈羅德爭吵，她的心情已經沉到谷底，所以她本來打算懶散地度過今天一天的休假，到了傍晚再一個人去探望達莉雅——卻接到這個惡夢般的通知。

真是不敢相信。

『太誇張了，你們到底在做什麼？』

電子犯罪搜查局倫敦分局——以埃緹卡與哈羅德為首，負責偵訊法曼的羅斯輔助官等人都聚集在會議室。掛在牆上的軟性螢幕映出位於里昂總部的十時的辦公室。

『馬上說明情況。』就連十時也無法掩飾自己的煩躁。『羅斯輔助官？』

「是。」羅斯用蒼白的臉色回答。「我想您應該也知道，今天法曼會被移送至醫療中心……卻在移動途中發生了車禍。」

『這我已經聽說了。都使用了自動駕駛系統，為什麼會發生這種事？』

「那個，分局的警衛阿米客思似乎同時故障……一連引發的五起車禍也是同樣的原因。交由阿米客思駕駛的車輛全都是這種情況。」

『委託諾華耶公司分析了嗎？』

「根據簡易檢查的結果，發現駕駛模組的設定有經過更改。似乎是有人透過局內的IoT連線擅自動了手腳，但擺放管理用電腦的保全室也只有阿米客思出入……」

『敬愛規範呢？明明有可能讓人類陷入危險，卻沒有啟動嗎？』

「是的，但諾華耶公司也表示不清楚原因。」

『不管怎麼樣，先讓我看看法曼逃走的情況。』

「我馬上分享監視無人機的紀錄。」

所有人的YOUR FORMA都收到了來自羅斯輔助官的影像檔案——只有哈羅德是透過穿戴式裝置接收——然後開啟。

俯瞰市內大街的影像在眼前展開。現場位於特拉法加廣場附近，由於是早上的尖峰時段，車潮洶湧。不過多虧自動駕駛系統，車輛並沒有擠得水洩不通，反而順暢地流動著——過了不久，一輛廂型車從左下角衝了出來。速度之快，剛好適合用「衝」來形容。一眼就能看出那是電子犯罪搜查局的車輛。

廂型車接二連三衝撞周圍的車輛，撥開車潮前進。響徹四周的喇叭聲此起彼落。受害的車輛當中，有些甚至被直接撞到了人行道上，路人驚聲尖叫。

——這是什麼情況？

「所幸沒有造成任何人死亡……但共乘的其中一名搜查官受了重傷。」

切換幾次視角之後，失控的車輛衝撞路樹，終於停了下來——勉強打開凹陷的車門並滾出車外的不是別人，正是艾登・法曼。或許是受傷了，他的太陽穴流著血。他的手上握著某種東西——畫面放大。那是電子犯罪搜查局配給的自動手槍，或許是趁亂從搜查官身上搶來的吧。

光是如此，情況就已經非常糟糕了。

一名搜查官晚了一步才從車內爬出——他趕緊追捕法曼，但腳步還是相當不穩。兩人消失在畫面之外。

影像到此結束。

「法曼後來從停車場搶走共享汽車，駕車逃逸。因為他持槍抵抗，搜查官也無法繼續追捕……」羅斯輔助官分享了車輛的參考圖。「車款是黑色福特福克斯。他尚未落網，目前仍在逃。」

「所以說——」哈羅德開口了。「法曼早已計劃在移送時逃走，對局內所有可能負責駕駛的警衛阿米客思動了手腳，讓他們故障嗎？」

芙蘭瑪15

『這應該是目前最有可能的推測。不過，我不認為他沒有出入保全室就能更改阿米客思的設定。如果搜查局中有他的共犯就另當別論了。』

「饒了我們吧。」羅斯輔助官拉高了音調。「我們是清白的。」

埃緹卡也點頭。「這個可能性恐怕很低。法曼的機憶中並沒有共犯的蹤影。」

『詢問法曼本人應該最快吧。』十時板著一張臉。『我們要優先追捕他。羅斯輔助官，法曼的定位資訊和共享汽車的行駛路線呢？』

「定位資訊中斷了，但勉強能取得行駛路線。」

『中斷了？意思是他在某個地方拿到絕緣單元了嗎？』

「恐怕是的。我現在就傳送資料。」

眾人再度收到檔案。英格蘭的廣域地圖填滿了埃緹卡的視野。法曼駕駛共享汽車朝克洛敦直直南下——而他本身的定位資訊便在這個時候中斷。車子突然改變行進方向，再次北上後往西前進。他穿越海維康，經由牛津——然後進入鄰近科茲窩的威特尼，便無法再取得任何資訊。

「科茲窩一帶是技術限制區域，全區都屬於指定通訊限制範圍。」

指定通訊限制範圍——關於這個名詞的知識也存在於埃緹卡的腦中。這是指為了阻絕定位資訊與網路等通訊網，裝有通訊功能阻礙裝置的技術限制區域。舉例來說，在既是機械否定派（盧德分子）的生活圈又具有觀光價值的地區，大多很難區隔YOUR FORMA使用者。那樣很有可能引來MR廣告進駐，所以為了維護技術限制區域的型態，才會用強制性的手法製造離線的環境。

不論如何，共享汽車的行駛路線都無法隱藏。法曼應該是想活用地利之便，試圖甩開追兵吧？

十時煩躁地說道：『為什麼你們沒有趁他逃進這裡之前阻止他？』

「我們在各個重點處設下了攔檢站，卻全都被他繞過了。」

『難不成你想說法曼的腦子裡搭載了最新的預測系統？』

「非常抱歉。」羅斯表現得很心虛。「請恕我直言……法曼逃進的科茲窩禁止使用監視攝影機或無人機。」

『我想也是。我會向州長申請使用許可，但別抱期待。』十時搓揉眉頭。『另外也向當地警察求援，組成搜索隊。當然，我也要你們所有人都來幫忙。現在馬上出發。』

啊啊——埃緹卡深覺前路漫長。這樣豈不是一切都回到原點了嗎？

科茲窩位於倫敦的西北西邊——英格蘭中央的丘陵地帶。據說這裡過去因羊毛貿易而繁榮，從數百年前便不曾改變的街道成了觀光資源。九二年的疫情以後，許多居民轉而加入機械否定派，因此化為技術限制區域。

這倒是無所謂，但——

「不管怎麼想，要搜索的範圍都太廣了吧……」

艾登．法曼的搜索行動由當地警察與電子犯罪搜查局分擔不同的範圍，而且還是蒐集逃逸車輛的目擊情報，以口頭問話為主的草根式作戰。這種做法實在非常過時，但也沒有其他手段了。

埃緹卡正與哈羅德一起巡迴北部的小型村莊——這裡已經是第五個地方了，但目前還沒得到什麼顯著的成果。

「這個村子好像也沒有目擊者呢。」

「這種做法根本就是強人所難。像福克斯這麼隨處可見的車款，才沒有居民會特地記住車牌號碼呢。」

埃緹卡一邊咒罵一邊坐進從分局借來的富豪旅行車。這輛車姑且算是搜查局專用，所以搭載了各式各樣的功能，但沒有一種能在搜索中派上用場。而且在離線狀態下，連自動駕駛功能都沒有意義。

「妳說得對。」哈羅德也滑進了副駕駛座。「居民都是未植入YOUR FORMA的機械否定派，而且就算指望觀光客的機憶，也被禁止在口頭問話的階段使用電索。」

光是艾登．法曼行蹤不明的現實就讓人十分頭痛了——埃緹卡瞄了身旁的哈羅德一眼。

她原本打算一個人慢慢調適心情。

結果，還沒完全調適過來就不得不重回搜查工作。

「況且，如果法曼早就已經換車離開了科茲窩，那該怎麼辦？」

「羅斯輔助官他們會同時監視租車和失竊的報告吧？既然沒有接到任何聯絡，就應該認為他仍然開著福克斯繼續逃亡。」

「若是那樣，就表示他會躲在某處，撐過人多的白天。」埃緹卡不動聲色地從他身上移開目光。「如果入夜前還拿不到搜索無人機的飛行許可，情況應該會很棘手。」

「那麼一來，就只能賭在攔檢上了。課長說過，他們會盡量在各城鎮或村子分配警力。」

「但願能逮到人，不過大概很難吧。」

後來兩人又巡視了幾個村莊，仍然無法掌握法曼的足跡。雖然有找到幾輛與逃逸所使用的車款相同的車，但每一輛的車牌號碼都不符。福克斯本身就是在英格蘭很常見的大眾用車，光是如此便足以讓搜索隊白跑好幾趟。如果他是刻意為之，實在很聰明。

只有毫無意義的時間正分秒流失。

仍然一無所獲的埃緹卡與哈羅德終於來到負責範圍的最後一個村莊——拜伯里。這個小村莊位於科隆河畔，是一處有名的觀光勝地。當地有教堂與飯店等設施，路上能看到穿著輕便服裝的觀光客開心地散步。科茲窩雖然是技術限制區域，獨特的景觀使它成了大受歡迎的觀光度假勝地，許多YOUR FORMA使用者都會為了所謂的數位排毒而造訪此地。

埃緹卡與哈羅德也混在觀光客當中打聽消息，但還是找不到線索。

到此為止了嗎——埃緹卡難以掩飾自己的失望。

「把希望寄託在其他搜索隊上吧。」哈羅德這麼鼓勵道。「雖然沒有得到成果，但最後一站是這裡，我們很幸運呢。」

「什麼意思？」

「拜伯里可是大名鼎鼎的威廉・莫里斯形容為英格蘭最美村莊的地方呢。實際上，妳不覺得這裡的景觀非常優美嗎？」

埃緹卡停下腳步，重新環顧四周。沿著緩坡排列的房屋全都是以奶油色的石灰岩建造而成。煙囪從屋頂上突出，房屋的外牆長著與其共生般的茂盛植物——這個地區保留了這些舊時代的建築物，持續生存至今。小徑描繪出平緩的輪廓，帶有柔和綠意的花草在即將日落的氣息中輕輕搖晃。小河流水潺潺不斷，水鳥在河面上自由自在地游著。

這裡確實是個漂亮的地方。

不知從何時開始，周圍已經沒有觀光客的蹤影。

埃緹卡發現自己正與哈羅德兩人獨處，沒來由地緊張了起來。

「電索官。」哈羅德就像是察覺到這一點，開口了。「我知道自己這麼說很踰矩……妳願意給我一個道歉的機會嗎？」

還以為有什麼事，他竟突然說出這種話。

埃緹卡覺得愈來愈不自在，用力吸住嘴唇內側。

「你不用再道歉了。我知道你因為達莉雅小姐的事，心裡很焦急。」

「可是，妳還沒有原諒我。」

並非不原諒——應該說這件事本來就無關要不要原諒的問題。

畢竟他是阿米客思，不是人類，以表達誠意的方式為例，他的做法就跟人類不同。

偵辦知覺犯罪的時候，埃緹卡就已經充分體認到這一點了。

所以老實說，她不該現在才為這種事情煩惱。

可是——她卻不小心受了傷。

「我……聽萊克希博士說過，ＲＦ型的黑盒子範圍很大。」

經過一番猶豫，埃緹卡決定從這裡開始說起。

「是的。」他靜靜點頭。「只不過，這並非僅限於RF型。系統設計得愈複雜，黑盒子的範圍就一定會擴大。」

「是嗎……聽說以你們而言，這一點使人格方面的成長變得可能。換句話說，RF型跟只是表面上看似在思考的量產型阿米客思不同，是真的會用自己的頭腦思考。」

「安格斯副室長他們並不相信，但博士是這麼說的。」

「我也跟博士持相同的意見。所以……」埃緹卡努力牽起細絲般的一字一句。「這就類似副室長所說的『擬人觀』。我理智上能明白你跟我面對事物的思考程序並不同，可是，因為你真的比其他阿米客思『更像真人』……」

埃緹卡在不知不覺間想從他身上尋求與人類相同的價值觀——深信對方與自己是同樣的人。

她對阿米客思的看法的確改變了。不過——

如果能像以前一樣保持距離，應該就不會變成現在這個樣子了。

「昨天的我……太情緒化了。我大概是希望你能做出我想要的反應吧。」埃緹卡忍不住用手觸碰胸口。「簡單來說……我希望你信任我、依靠我。我只是希望你能把我當成『對等的搭檔』。」

地面反射的夕陽非常刺眼。

「可是，你比人類聰明又理性，而且因為你很優秀，大多數事情都能一個人處理得如你所願。對你來說，達成目的是最重要的，其中沒有任何惡意。你的動機很單純……只要對方沒發現自己被當成棋子使用，那就好了。」

「我明白自己的作風很不誠實。」

「但你會這麼想，也只是跟我們的價值觀相比之下的結論吧。」

他陷入沉默。

薄薄的雲層飄來，緩緩吞噬夕陽。

彼此的影子幾乎要消融。

「……電索官，對於傷害了妳，我感到非常後悔。」

阿米客思的精巧面容既不高傲也不冷漠，只是面無表情地壓抑某種痛切的情緒。

「對我來說，達莉雅比任何人都重要。但也因為如此，我選擇了犧牲妳的做法。」

有如凍結湖面的眼睛一如以往地冷靜。「不過，唯獨一件事請妳相信我。我完全沒有將妳置於險境的意思，妳能平安歸來，我是真的鬆了一口氣。」

警察從法曼的公寓將埃緹卡帶出來的時候，哈羅德擁抱了她——那並不是謊言。他迎接埃緹卡的時候確實「鬆了一口氣」。然而，這份感情在語言的定義上是相同的，但其中的含意或許也跟人類不一樣。

平常的他看起來與人類沒兩樣。不論是對達莉雅付出家人之間的關愛，還是因索頌遇害而萌生的復仇心，幾乎就像個活生生的「人」。

不過，終究還是不一樣。

RF型不符合「中文房間」的概念。

即使如此——哈羅德仍是另一個小房間的居民。

「我應該要更了解你才對。」

雖然嘴巴上這麼說，心裡卻湧現絕望的感覺——互相理解一定很困難。就連人與人之間都不容易了，面對阿米客思更是天方夜譚。況且，自己過去一直都逃避人際關係，實在難以跨越如此巨大的障礙。

但不知為何，內心仍然抱著想了解他的念頭。

因為這麼一來，自己就不會再暴露在危險之中了嗎？

應該不是那麼單純的理由。

小河的音色有如啜泣。

「我們要怎麼樣才能站在對等的立場？」埃緹卡不禁露出帶著自嘲意味的笑。「我深深地覺得，要是能窺探你的內心就好了。就像以電索潛入人腦，真希望我能進到你的思緒裡……如此一來，你的想法和感情，全部的一切……」

——我一定就能明白了。

剛才還在水面上游的水鳥已經在不知不覺間飛往他處。

「……是啊。」哈羅德彷彿感受到痛楚，皺起眉頭。「我也覺得，如果能潛入妳的腦海該有多好……大概要那麼做，我才能真正了解妳這個人吧。」

這樣的形容一點也不像他會說的話。

埃緹卡不禁露出疑惑的表情。

「你應該早就了解我了。姊姊那時候也是——」

「我不是那個意思，而是更……」他瞇起雙眼，就像在眺望耀眼又遙遠的東西。「不，還是算了吧。我無法準確地形容。」

哈羅德露出曖昧不明的微笑，背對埃緹卡——她有種心痛的感覺，卻連理由都不明白。

他為什麼表現得如此悲傷？

那也在他的計算之內嗎？還是真心的呢？

——什麼是真心？

對照自己與他的價值觀時，究竟要以什麼標準來斷定「真心」？

就算想追尋，也到處都找不到答案。

晚霞有如即將燃盡的柴火，開始漸漸轉黑。

再過不久，夜晚就要來臨。

2

日落後，埃緹卡與哈羅德包下了拜伯里一間古色古香的紀念品店。這麼做是為了確保與外界的聯絡手段，也就是有線電話。在指定通訊限制範圍無法使用終端機上網，所以只能依靠舊式的電話線——設置在商店等地方的有線電話。

打烊後的店內寂靜無聲。放在櫃檯上的電話是轉盤式，埃緹卡完全不知道該怎麼用。她閱讀寫在貼紙上的說明，把沉重的話筒抵在耳邊，撥打電話給十時課長——順利接通了。

她一報告沒有收穫的消息，十時便回以疲憊的聲音。

『其他搜索隊也沒什麼好消息，無人機的使用申請還是沒有通過。我想法曼應該差不多要有動作了……但這樣下去也不是辦法。』

「攔檢進行得怎麼樣了？」

『只能很粗略地設站。老實說我很想在所有城鎮和村莊布署警力，但人手不夠。因為目前大多是靠警衛阿米客思來補足缺口，被強行突破就沒有意義了。』

「但願至少能掌握他的行動路線……」

『妳要假設法曼還沒有換車。我這邊尚未收到失竊或租車方面的情報。』

「我知道了。」總之，目前只能做好該做的事。「我們會直接在拜伯里留守一晚。如果發生什麼事，我再聯絡。」

埃緹卡靜靜地放下愈來愈沉重的話筒——無法按捺逐漸昇高的焦躁。

花了一整天的時間，結果還是沒有任何進展。雖然很想相信法曼還躲在科茲窩，但他身上裝著絕緣單元，發生什麼萬一也不奇怪。如果真的被他成功逃脫，那就無可挽回了。

但目前為止，能做的事很有限。

埃緹卡咬牙，正要離開電話前的時候——突然有人把某個鬆軟的白色塊狀物拿到她眼前。她嚇了一跳，不禁愣住。

「請看，電索官，非常可愛吧。」

眼睛漸漸聚焦——哈羅德手上拿的是一個綿羊布偶，圓滾滾的眼睛配上毛茸茸的身體，看起來觸感非常好，簡直是集羊毛貿易的歷史於一身。

「那是人家的商品吧。」埃緹卡指著擺放布偶的貨架。「拿回去放。」

「我已經結帳了。」

他若無其事地說道。往櫃檯一看，可以發現上面放著幾張實體的英鎊紙鈔——因為老闆已經返回自己的住家，沒有人能打開收銀機。

「這個送給妳。」

埃緹卡感到困惑。「……幹嘛突然這樣？」

「抱著它，心情說不定就能平靜下來了。」

「如果抱著綿羊就能找到法曼，我的心情應該會很平靜吧。」

「一定能找到他的。來，請收下。」

「不用了。」

「不要客氣嘛。」

「我沒有在客氣。」埃緹卡這麼主張的時候，哈羅德已經把布偶塞到她懷裡。天然羊毛摸起來很有彈性，觸感非常好——不對！「你不要再鬧了，我們可不是來玩的。」

埃緹卡把布偶推回去，坐在自己拉過來的圓椅上——她瞄了哈羅德一眼，發現他帶著有些寂寞的表情把玩綿羊的耳朵。埃緹卡覺得自己好像做了什麼壞事似的。

不行，自己已經不知道該用什麼態度面對他了。

虧哈羅德還努力表現得一如往常。

回過神來，沉默已經籠罩四周——只留一部分照明的店內充滿了稍嫌冷清的氣息。白天在觀光客面前像寶石般閃耀的布偶、蜂蜜罐、薰衣草製品、包裝過的鱒魚肉醬，全都變回沒有色彩的單純「物品」，無聲無息。

滴答、滴答，機械鐘的秒針不斷走著。

埃緹卡想舒緩坐立不安的心情，勉強閉上眼睛——

「電索官。」

突然間，哈羅德呼喚道——埃緹卡睜開眼睛，看見他站在櫃檯旁邊，注視著貼在牆上的海報。技術限制區域當然不存在MR廣告，相對地，到處都看得到紙張製成的廣告海報。

「幹嘛？」

因為哈羅德看得實在太專心，埃緹卡也把目光放在海報上——簡單來說，那是一張別墅的宣傳海報，海報上印著科茲窩特有的蜂蜜色房屋，標語則寫著：「想不想在歷史悠久的土地擁有自己的房子呢？」上面甚至很貼心地附上拜伯里附近的度假區地圖。

針對想進行數位排毒的YOUR FORMA使用者，有許多人會出售指定通訊限制範圍的土地。科茲窩大概也不例外吧。

「這張海報怎麼了嗎？」

「不。」哈羅德一瞬間沉默，似乎是在思考。「……可以請妳開車嗎？」

怎麼了？難道他買了布偶之後，接下來想買房子嗎？

「不行，我們不知道什麼時候會接到十時課長的聯絡——」說到這裡，埃緹卡突然想到。不會吧。「……難不成，你已經發現什麼了？」

哈羅德仍帶著嚴肅的表情，收起下巴。

「雖然還不確定，我似乎能推測出法曼今晚會前往的地方。」

埃緹卡啞口無言——開玩笑的吧？

向十時告知自己要離開拜伯里的消息後，埃緹卡與哈羅德開著富豪出發。

「所以——」埃緹卡握著方向盤，看了副駕駛座的哈羅德一眼。「你為什麼覺得法曼會前往這些度假區的某處？」

哈羅德的手上拿著從紀念品店撕下來的海報。根據這張簡略的地圖，距離拜伯里幾英里的範圍內，共有四個度假區坐落在各處。

「科茲窩在我們的搜索範圍之內，照理說，他應該會想盡快逃出去。可是，你卻認為他會在這些度假區過夜。」

「是的。」

「理由是什麼?」

「我能想到幾項線索。」

他只回答了這句話——大概又想隱瞞自己的計畫了吧。埃緹卡把嘆息吞回肚子裡。就算哈羅德不願意詳細解釋,他的推理往往還是符合正確答案。這次,他應該也有什麼根據。

現在只能相信他了。

明明才剛遭到他的背叛,結果還是不得不這麼做。

自己大概會一直被他耍得團團轉吧——埃緹卡這麼想。

兩人按照地圖一一巡迴各個度假區,接連繞了三個地方,但別說是正在尋找的福克斯,連法曼的影子都沒看到——兩人再次搭上富豪,往最後一個度假區出發。路線基本上只有一條,單純得連確認地圖都沒必要。這個地區的道路完全不如倫敦那般複雜。

附近已經沒有任何車流,濃濃的黑暗緊貼在路上。離開拜伯里時,天色仍是薄暮,現在已被憂鬱的夜晚塗滿。

「接下來就是最後一個地方了。」

「是的。如果沒有找到法曼,就表示我猜錯了。」

「又或者是，輔助官的推理搶先了一步。」哈羅德看起來似乎很納悶，因此埃緹卡補上了這句話。「所以……應該不太可能是你猜錯了吧。」

別讓我特地這麼說。埃緹卡忍不住感到尷尬——不過，哈羅德並沒有打起精神，反倒是露出莫名無力的微笑。

「我在搜查上確實很少猜錯，但說到關於妳的事，我的推測就常常失準。」

這次換埃緹卡眨眼了——那是什麼意思？

房屋在窗外流逝，景色轉變成稀疏的路樹。前方的廣大牧草地非常空曠，現在並沒有羊群的蹤跡，區隔土地的石牆橫跨在遠方。

只有馬達的聲音彷彿迷失了方向，響徹四周。

他們接下來究竟要前往何方呢？

埃緹卡現在還是被他牽著鼻子走。答案早就出來了。到頭來，他們終究無法站在對等的立場。

即使如此仍不願放棄——會這麼想，就是自己身為人類的原罪嗎？

忽然前方有光芒閃現。直線延伸的道路盡頭——有一輛車從對面的方向駛來。他們已經好久沒看到自己以外的車輛了。

「……正如妳所說，看來真的是我的推理搶先了一步。」

YOUR FORMA

哈羅德發出屏息般的聲音。

「——是一輛福特福克斯。」

靠他的視覺裝置，這點程度的距離和黑暗不成問題。

他說什麼？埃緹卡立刻從儀表板上拿起附夜視功能的望遠鏡——那的確是一輛黑色的福克斯。他們搜索已久的車款正好開了過來，擋風玻璃填滿了黑色，看不見駕駛的容貌。

但車牌號碼……

「——『與逃逸車輛相符』。」

那正是艾登．法曼奪走的共享汽車。

哈羅德果然料事如神——終於找到他了。

不能在這裡讓他逃掉。

「輔助官，抓緊了。」

「…………」哈羅德似乎察覺了什麼。「還請手下留情。」

或許是沒有發現另一輛車的真面目，法曼的車毫不猶豫地靠了過來，速度相當快。

富豪與福克斯的距離漸漸縮小——埃緹卡開始操作儀表板。她在搜索時覺得這輛車的追加功能盡是些派不上用場的東西，但在這種情況下就不同了。

她啟動離線狀態也能使用的追蹤輔助功能。

車輛錯身而過。

這個瞬間，埃緹卡轉動了方向盤。

強勁的輔助功能開始運作，使富豪的車身急速迴轉。離心力讓人想吐，輪胎發出響亮的煞車聲，撕裂了寂靜——然後緊跟在福克斯後方。為了發出警告，埃緹卡伸手去拿擴音器——

突然間，福克斯開始加速，車輛甚至直接衝出道路，逃向牧草地——逃逸本身在預料範圍內，埃緹卡本來就不認為對方會慢吞吞地等著別人來追。

不過，沒想到他會來這一招。

「太亂來了。」埃緹卡忍住想咂嘴的衝動。「他到底想去哪裡？」

「電索官，我們快跟丟了！」

「我知道……！」

埃緹卡再度轉動方向盤——然後跟著福克斯駛入牧草地。她忽略了猛然往上彈起的衝擊。現在顧不了那麼多了。一駛上草地，車內便晃得像是害怕得發抖似的。

哈羅德自言自語：「我們應該把拉達紅星開過來的。」

「這輛車好歹也能應付越野路段！」

埃緹卡急著猛踩油門，但速度不如想像中快。被輾碎的草飛了起來，滑過擋風玻璃。兩車之間的距離愈來愈遠——不行。埃緹卡再度觸碰儀表板，打開安全控制系統，關閉速度限制器。

哈羅德用毛骨悚然的語氣喃喃說道：「妳真愛開玩笑……」

——當然了，這並不是在開玩笑。

油門隨即深深往下一沉。

富豪彈跳似的加速。福克斯就像被猛烈的力道吸引，迅速靠近。埃緹卡轉動輔助功能正在運作的方向盤，讓車身接近到極限。總之得阻止對方的行動——區隔牧草地的石牆從前方逼近。

好機會。

福克斯似乎緊急踩了煞車，開始減速——追上了。完全依靠輔助功能的富豪與其並行，車身前端足以搆到福克斯的側腹部，想將它撞離原本的軌道。反作用力來襲。對手的車身失去平衡，福克斯開始打轉，劃出大幅度的弧線。牧草猛烈地飛舞到空中並且四散。

埃緹卡迅速停下富豪。

這樣應該就能阻止對方了。

不過——擋風玻璃對面的福克斯還撐得住。車身凹了一個大洞，頗為慘烈。即使如此，它仍若無其事地重新面向富豪，車頭燈的光線就像猛禽的眼神般銳利。

不會吧——為什麼它能重整態勢？難道法曼還有這種技術……

「電索官！」

轉眼間，福克斯逼近過來。視野一片空白。一陣衝擊之後，擋風玻璃出現裂痕，埃緹卡的身體被狠狠摔到座位上。安全氣囊彈出——沒想到對方會發動反擊。自己有種眼冒金星的感覺，這是輕微的腦震盪嗎？

——現在不是頭昏腦脹的時候。

埃緹卡幾乎只靠感覺將油門踩到底。

然而，富豪只是緩慢地原地踏步，沒有向前奔馳。隔著裂成蜘蛛網狀的擋風玻璃——可以看到嚴重變形的引擎蓋，引擎室已經完全被撞壞。糟透了。

「妳還好嗎？」哈羅德的聲音聽起來特別清晰。「電索官，妳現在感覺如何？」

「我沒事。」埃緹卡這麼說著解開安全帶。「下車吧，我們得尋找他的足跡……」

埃緹卡有些搖搖晃晃地走到車外——然後聞著青草的氣味，靠在面目全非的富豪旁邊。她藉著漸漸恢復的視力環顧四周。

福克斯的車尾燈正沿著石牆開始往遠處駛去。

完全被擺了一道。

明明只差一點就能逮到他了。

哈羅德也下車了。「法曼的車也有受到傷害，跑不遠的。」

「就算這樣，徒步追上去還是會被他逃掉……」

埃緹卡邊說邊轉動脖子——在延伸出去的石牆邊發現一棟民宅，那裡或許住著這片牧草地的主人。這個時候，車庫正好點亮了燈光。大概是聽到了這陣騷動，有居民怒吼著往這裡走來。

「看來我們似乎成了非法入侵者呢。」哈羅德一臉厭煩地說著玩笑話。「怎麼辦，要假裝我們開車在鄉間小徑上兜風嗎？」

然而埃緹卡的視線——緊緊盯著停在車庫裡的一輛皮卡車。

「輔助官，用『那個』。」

從居民那裡借來的皮卡車精力充沛地橫越牧草地——福克斯輾過草地，留下了清晰的輪胎痕，就算不使用YOUR FORMA的標記功能也可以清楚辨識。

「幸好當地居民願意配合搜查……我是很想這麼說——」駕駛座上的哈羅德有些傻眼地瞄了埃緹卡一眼。「但那幾乎是威脅了。妳應該交給我來說服的。」

「有時間的話我就會那麼做。」埃緹卡因罪惡感而聳起肩膀。居民當時表現得相當惱怒。明知如此，自己卻只是簡單表達歉意，然後馬上秀出ＩＤ卡，半強迫地要求對方配合。「如果他家裡有電話，應該會打去搜查局陳情吧。」

「哎呀，妳忘了還有公共電話嗎？拜伯里仍然有這項服務喔。」

「……」

「我會替妳打圓場的。」

「那還真是謝謝你。」

回嘴之後，埃緹卡這才注意到——不知不覺間，自己已經能跟他正常對話了。往後也能像這樣，一點一滴地忘記生硬的感覺嗎？

——現在該思考的是法曼的事情才對。

覆蓋天空的雲層已經裂開，月光從中灑落，將牧草地染成一片銀色。皮卡車帶著淡淡的影子，在極度廣闊的大地上悠然奔馳。

最後，前方的路上出現一個汙漬般的黑點——靠得愈近，就能漸漸看出那是福特福克斯。保險桿垂了下來，引擎蓋皺得就像一塊柔軟的布料。這輛車到處都凹凸不平，悲慘地遭到棄置。

埃緹卡與哈羅德走下皮卡車，小心翼翼地靠近福克斯。不過，車上沒有動靜，似乎空無一人。看來法曼已經棄車逃走了。

「電索官，妳看這個。」

哈羅德指著腳下——仔細一看，發現草地上有一滴一滴的液體。

「什麼東西？」埃緹卡蹲下來觸碰液體。隨著滑溜的觸感，指尖被染成了黑色。她接著嗅聞味道，發現液體帶有機油般的特殊臭味。「……循環液？」

「好像是。駕駛座上也沾有這種液體。」

正如哈羅德所說，駕駛座——具體來說是在頭枕附近——也同樣沾染了循環液。

……這是怎麼回事？

「駕駛應該是法曼才對。」埃緹卡難掩困惑。「這輛福克斯毫無疑問是他搶走的共享汽車吧。可是，上面為什麼會有循環液？」

「我也無法掌握狀況……」

哈羅德用視線指出方向——汙染青草的循環液就像路標一樣，穿過了牧草地。在不遠的地方，可以看到幾棟民宅聚集而成的剪影。

考慮到地理位置，那裡無疑是他們原本要前往的最後一個度假區。或許是因為非旺季，沒有一棟別墅的燈光是亮的。

埃緹卡與哈羅德不約而同地交換視線。

「他或許以為自己已經逃過我們的追蹤，但只是無謂的掙扎呢。」

「是啊——走吧，輔助官。」

埃緹卡輕輕拔出腿上的槍。

3

殘留在度假區的一滴一滴循環液毫不猶豫地延續至一棟民宅。

屋前停著一輛蓋著車罩的車。這輛車沒有動過的跡象——為了配合景觀，建築物刻意設計成古色古香的造型，不過房屋本身似乎是相對較新的物件。科茲窩地區特有的石灰岩外牆搭配上鼠尾草綠的玄關門，看起來十分優美。如果門把上沒有黏著黑色循環液的痕跡，肯定會更加迷人吧。

埃緹卡愈來愈不明白了——他們明明一直在追捕艾登．法曼，但到了這裡，對方的身分卻逐漸顯得撲朔迷離。

然而，他們也不能回頭。不論如何，現在都不是能立刻呼叫支援的狀況。

兩人壓低腳步聲，靠近玄關門。門是木製的，看起來不太堅固。埃緹卡戰戰兢兢地

YOUR FORMA

伸手轉動門把——並沒有上鎖。話雖如此，上面也沒有被撬開的痕跡。對方持有這棟房子的備用鑰匙嗎？因為「受傷」，忘記上鎖了嗎？

哈羅德小聲問道：「怎麼辦呢？」

「直接攻進去吧。你在後面跟著我。」

「請小心，法曼手上有槍。」

埃緹卡重新握緊手中的槍，解除安全裝置。她在腦中重複確認可從外觀推測出來的屋內格局，並調整好呼吸。她瞥了哈羅德一眼，他便點頭回應。

走吧。

她輕輕推開門。

埃緹卡立刻舉槍瞄準，但回應她的只有冰冷的寂靜與黑暗。就算屏息傾聽，也什麼都聽不見——循環液同樣滴落在地板上。不過，屋內實在太暗了。

「輔助官——」埃緹卡輕聲細語。「你看得見嗎？」

「延伸到左邊的房間了。」

埃緹卡按照他所說的，往左前進——裡面是廚房。這間設備完善的廚房附有烤箱，餐具櫃裡的杯盤全都各有兩套，窗邊放著有線電話。四周沒有洗衣機，餐桌上放著隨意亂丟的紙袋，裡面的食品掉了出來——一旁散落著免縫膠帶。循環液的痕跡到這裡便中斷了。

上方傳來咚的一個細微聲響。

——在二樓嗎？

埃緹卡繃緊全身的神經，與哈羅德一起走上階梯。正面有浴室，右邊有兩個房間，左邊有一個房間——從左邊開始確認吧。埃緹卡把背後交給哈羅德，自己則打開房門。這裡是客房，連衣櫃裡面都仔細調查了，沒有任何人，裡面只塞滿了男用衣物。確認浴室裡面空無一人後，接著往右邊的兩個房間前進。其中一個房間是寢室，另一個房間的門——似乎是工具間，看起來類似工坊。

一踏進房間，某種油類的刺鼻味道便竄入鼻腔。從鋁窗照射進來的月光勉強驅散了黑暗。靠牆擺放的工作桌十分寬敞，上頭凌亂地放著桌上型帶鋸機、家用３Ｄ列印機、工具等東西，與時髦的裝潢不太搭調。除此之外，桌上還擺著絕緣單元等裝置——這裡是什麼地方？

埃緹卡掃視整個房間——發現有某種東西橫躺在地板上。

然後瞠目結舌。

自己不可能看錯，那就是艾登・法曼。他的雙手雙腳都被繩子緊緊束縛，整個人倒在地上。他的嘴巴綁著口銜，但眼睛沒有被蒙住，後頸的連接埠插著某種ＨＳＢ——這是怎麼回事？他當時應該逃走了才對。

為什麼現在會被監禁在這裡？

法曼似乎還有意識，緩慢地轉動頭部，極度憔悴的那雙眼睛交互捕捉到埃緹卡與哈羅德——如此而已。他似乎連掙扎的力氣都沒有了。

「怎麼回事？他一直都待在這裡嗎？」

「不知道。」哈羅德沒有看埃緹卡。「如果真是如此，就表示我們剛才追捕的人並不是法曼。」

「可是，這棟房子除了他以外沒有任何人。那些循環液到底是怎麼來的？」

「詢問本人應該最快吧？」

確實如此。埃緹卡把槍插進腿上的槍套，然後在法曼的身旁跪下。她伸出手，取下法曼的口銜——跟前幾天相比，立場完全對調了。

「法曼。」即使埃緹卡呼喚他的名字，他也一副神智不清的樣子，沒有反應。「你涉嫌改造搜查局的警衛阿米客思後逃逸，到底在這裡遇到了什麼事？」

法曼微微睜開眼睛，不斷重複微弱的呼吸。就連他有沒有聽到埃緹卡的聲音都很難說。

「他可能被下藥了。聯絡課長，叫救護車……」

忽然間，法曼發出小小的聲音。乾燥而滲血的嘴唇勉強顫抖了起來。

「好痛。」埃緹卡好不容易才聽懂他的沙啞聲音。「幫我鬆綁……」

她總算想到這件事，確認綁著法曼的繩子——被綑綁的他似乎已經維持相同的姿勢很長一段時間，皮膚有嚴重的瘀血。他這種狀態有可能讓外界懷疑搜查局的管理體制有問題，這樣實在不能說是有顧慮到嫌疑人的人權。

實際上，他已經很虛弱了。

「電索官，請用這個。」

哈羅德從工具中找出一把鋸齒狀的小刀。埃緹卡接過小刀，切斷束縛法曼雙手的繩子，雙腳仍保持原狀。萬一他站起來逃走，那就傷腦筋了。

「法曼——」埃緹卡再度注視著他。「回答我的問題。這裡到底發生什麼——」

事情就發生在這個時候。

貫穿耳膜的波動——發現這是槍聲時，一道熱氣掠過埃緹卡的肩頭，玻璃窗應聲碎裂。她回過頭，看見一個人影站在房間的入口。槍火接連閃現。埃緹卡立刻跳開，卻用力過猛，撞上了工作桌。工具散落在地——啊啊，可惡，這傢伙剛才到底躲在哪裡！

「電索官，後退！」

埃緹卡嚇了一跳。此刻的哈羅德正好抓住那個人影，但對方也激烈反抗。他以黑色雨衣的兜帽深深蓋住頭部，所以看不見長相，但循環液就像雨滴一般飛散到地面上——原來如此。既然身為阿米客思的哈羅德能制止他，就表示對方不是人類。

可是，為什麼？

哈羅德抓住對方的手腕。阿米客思奮力抵抗。可能是傷口裂開了，黑色液體不斷滴落——槍枝發出怒吼，摧毀了天花板的燈具。哈羅德不退縮，扭轉對方的手臂。阿米客思弄掉了槍——那是法曼從搜查官身上偷來的自動手槍（芙蘭瑪15）。

哈羅德進一步將對方強押到地上，然後跨坐在試圖站起的他身上。這樣的舉動似乎已經超越了制止的範圍。阿米客思不斷掙扎，使得頭上的兜帽因此滑落。

——不會吧？

埃緹卡頓時無法動彈。

垂落在兜帽下的頭髮即使在黑暗中仍帶著光彩不減的金色，精心雕琢的端正臉龐簡直是一件藝術品，緊閉的嘴脣下方有一顆淡淡的痣。

阿米客思顯露出來的容貌與哈羅德「沒有一絲一毫的差異」。

怎麼會。

這不可能。

「……你應該死了才對。」哈羅德發出震驚的呻吟。「馬文，為什麼……」

這個阿米客思毫無疑問是馬文．亞當斯．奧爾波特。

哈羅德的話還沒說完，馬文便試圖掙脫他的束縛。那雙眼睛異常睜大，眨也不眨地凝視著一個點——看起來顯然不正常。他失去理智了嗎？

埃緹卡馬上拔槍——

「不可以，請不要開槍！」哈羅德一邊努力壓制馬文，一邊這麼喊道。「我們應該抓住他，分析他的記憶——」

這個時候，馬文的手臂往別的方向移動。他摸索地板——企圖把掉在一旁的槍拉過來。

不行！

埃緹卡扣下扳機。

發射。手槍發出震撼整個房間的巨響——埃緹卡本來想瞄準馬文的手臂，子彈卻大幅偏移，被吸向他的頭部。自己的射擊技巧原本就不算好，況且因為害怕擊中哈羅德，軌道才會嚴重偏離目標。

馬文的身體頓時癱軟。

他就像斷了線的人偶，停止一切行動。

寂靜。

埃緹卡茫然放下手槍，雙腳感到虛脫，不禁跌坐在地。

——完了。

馬文已經一動也不動，破裂的頭部流出漆黑的循環液，慢慢侵蝕地板——一股理由不明的嘔吐感擅自湧上喉頭。

「電索官。」

哈羅德從馬文身上站起。不幸中的大幸是他似乎沒有受傷。

「對不起，我……」埃緹卡勉強擠出聲音。「我並沒有打算殺他。我只是想瞄準他的手臂……」

「不，判斷錯誤的是我。」哈羅德還是一樣冷靜。「要在那種狀況下抓住他，本來就很勉強。」

「我不是那個意思。」不只如此。「他是你的兄弟。如果真的是他本人……」

哈羅德定睛注視著死去的馬文。「這確實是他本人。」

「為什麼會在這裡？是他監禁了法曼嗎？」疑問隨著罪惡感膨脹。這一切都令人一頭霧水。「難道我們在泰晤士河見到的屍體是假的？」

「我能想到幾種可能的狀況——埃緹卡！」

哈羅德大叫——一雙大手從背後勒住埃緹卡的脖子。是站起來的法曼。真是不敢相信，難不成剛才的虛弱模樣全都是演的——她連掙脫的時間都沒有。

只過了一瞬，視野便猛然扭曲。強烈的力道壓迫了氣管，阻斷呼吸。

一陣頭暈目眩。

不消一刻，埃緹卡的意識就此中斷。

哈羅德茫然自失。埃緹卡的纖瘦身軀失去動力，脖子頹然傾斜——一發現她昏了過去，法曼便將她扶到地上。他的動作一反剛才的攻擊性，溫柔得出奇。

「對不起，電索官。」

他打從心底感到抱歉似的這麼說，然後切斷綑綁自己雙腳的繩子——法曼的演技非常完美。不，實際上也不算是演戲吧。從旁人的目光也能明顯看出他因為長時間的監禁，身體狀況並不理想，他的臉色差得幾乎就像快要昏倒了。

然而，哈羅德沒能看穿他。

沒想到不只一次，自己竟兩度遭他突襲成功。

「你無路可逃，法曼先生。」

就算哈羅德低聲警告，法曼仍充耳不聞。他把手伸向自己的後頸，拔掉插在連接埠的ＨＳＢ，放到工作桌上。

YOUR FORMA

那是達法交易的機憶變造用ＨＳＢ嗎——自己的推測果然沒有錯。

不過，「她」似乎要自食惡果了。然而就這一點來說，傻傻地來到這裡的哈羅德也一樣——正在思考的期間，法曼已經拿起工作桌上的絕緣單元，插進後頸的連接埠。他接著撿起剛才束縛自己的繩子，然後——

開始將繩子綁在埃緹卡身上。

「先生……」哈羅德勉強按兵不動。「你想對她做什麼？」

「我只是要把她綁起來。」他的聲音依然微弱。「免得她在醒來時立刻逃走。」

「你認為我會放任你的行為嗎？」

「但是你身為阿米客思，無法阻止我。就算我要把她綁起來，甚至是殺死她，你也只能在一旁看著。你無法為了制止而做出攻擊人類的行為。」法曼在這個時候停手，抬頭凝視著哈羅德。「還是說——你『辦得到』呢？面對我，比你剛才對待馬文的手法更粗暴。」

哈羅德只能保持沉默——埃緹卡躺在地上，她的手槍在旁邊閃著招手似的光芒。回過頭，還可以看到馬文弄掉的槍。可是不行，自己無法逼迫這個人類。

無意間，達莉雅的身影浮現在腦海中。

——即使如此，還是不行。

「哈羅德，看來你很『明智』。」

法曼將目光轉回手邊——他默默地用繩子綑綁埃緹卡。哈羅德忍耐焦急的感覺，低下頭。

無可奈何。

現在應該做出正確的選擇。

法曼低聲說道：「搜查局似乎認為我的行為是出於對萊克希的恨意。」

「電索官並不那麼想。她透過你的機憶，察覺了異狀。」

「不過，她沒有接受我的要求。我明明拜託她追溯到很久以前的機憶。」

「因為電索有各式各樣的規定。」

然而，埃緹卡雖然感到弔詭，卻沒能看穿法曼真正的目的——這樣就好。她最好什麼都不知道。萬一知道了，埃緹卡遲早會成為自己的障礙。

最重要的是，她本身恐怕也會因此受苦。

「即使冰枝電索官忽視規定，試圖追溯你的機憶——我也會阻止她。」哈羅德靜靜說道。「我知道你的目的是什麼，先生。」

法曼將埃緹卡綁好以後，撿起她的槍，插進皮帶裡。他穿過散亂的工具之間，開始在房間裡緩緩踱步。

YOUR FORMA

「我知道你的『腦袋裡』裝了什麼，哈羅德。」

哈羅德閉口不言。

「或許你沒有自覺，但RF型是很危險的。萊克希不只對我和諾華耶公司，對倫理委員會也說了謊……如果你願意，能不能協助我呢？」

「不論你想做什麼，我都不能協助你。」哈羅德冷靜地反駁。「我隸屬於電子犯罪搜查局。我之所以放任你綑綁冰枝電索官，完全是因為我找不到攻擊以外的制止手段，並不表示我贊同你的行為。」

「好吧。」法曼停下腳步。「──那就這麼辦。」

他的手從工具中迅速撿起一把羊角鎚──哈羅德默默地看著那把笨重的工具朝雙腳揮來的樣子。他已經隱約預料到事情會變成這樣，但即使面對持有武器的人類，阿米客思也無法發動攻擊。敬愛規範就是如此制定的。

所以，他沒有抵抗。

鎚子直接擊中掌控膝蓋活動性的致動器──只有完美理解阿米客思構造的他才能使出如此精確的攻擊。就像碎裂的骨骼，零件在內部崩解。系統偵測到部位的缺損，跳出嚴重的錯誤訊息。

即使聽覺裝置被警告聲填滿，他也無法阻止身體往下墜落。

哈羅德無能為力，也沒有採取減輕衝擊的行動，只像個倒下的人偶——直接重摔在地板上。

「對不起。」

接著，鎚子朝雙手揮下。法曼毫不猶豫地摧毀五指的關節——力道過猛，甚至打斷了幾根手指。不管怎麼想都太用力了。如果沒有迅速切斷痛覺，後果不堪設想。

哈羅德看著應聲滾落到眼前的小指。

法曼確定哈羅德的手已經完全失去用處以後，丟掉了鎚子。

「我去找車鑰匙，應該就放在屋子裡的某個地方。」哈羅德知道他指的是外面那輛蓋著車罩的車。「哈羅德，我們兩個人一起去兜風吧。」

詢問他要帶自己去哪裡，恐怕是個愚蠢的問題吧。哈羅德躺在原地，目送法曼走出房間——啊啊，這大概是最糟的狀況了。

不過，思緒仍然很冷靜。

哈羅德執行系統診斷——列出一串毀損部位的清單。所幸循環液並沒有滲漏的情形。他試著把掉落下來的小指裝回去，但當然是徒勞無功。已經沒救了。

「電索官。」

哈羅德嘗試喚醒她——然而她還是一樣，沒有清醒的跡象。他勉強撐起手肘，爬向倒地的埃緹卡，用目視的方式確認綁住那副纖瘦身軀的繩子。繩結綁得很緊，不太可能解開。

鋸齒狀的小刀就掉落在近處。

——竟然只有這個方法。

哈羅德用手肘勉強把小刀挪過來，然後用嘴巴咬住刀柄，把刀刃抵在繩子上。過程當然不順利。即使如此，他仍拚命在繩子上割出切口——一股無法形容的「後悔」湧上心頭。同時，放任法曼綑綁埃緹卡的自己也令哈羅德感到厭煩。

他知道自己只能那麼做。

但——這樣太愚蠢了，毫無疑問。

自己總是讓她碰到悲慘的遭遇。

過了一陣子，法曼的腳步聲登上階梯。哈羅德放開了小刀，然後把它推向遠處。目前暫且算是及格，接下來只能祈禱埃緹卡恢復意識了。

哈羅德注視著她的臉。

覺得自己實在不太喜歡人類閉上眼睛的樣子。

回到這裡的法曼不由分說地拉起哈羅德，把無法動彈的他揹起來，帶出房間。法曼非常謹慎，緩緩地走下樓梯，以免讓沉重的哈羅德摔到地上。

相對地，自己沒有什麼事可做。哈羅德不經意看著他那插著絕緣單元的後頸與耳朵——看著與自己完全相同的長相，事到如今才令哈羅德感到奇妙。連漸漸顯現在皮膚上的細微老態也讓他不禁想像，如果自己是會隨著年齡成長的生物，是不是也會變成這個樣子。

那究竟是什麼樣的感受呢？

如果自己生為人類，會度過像他這樣的人生嗎？

之所以花心力思考無關緊要的事，或許是因為自己內心正感覺到些許不安吧——有必要擬定策略。不過，這種情況下能想什麼辦法？頂多就有祈禱吧？

「博士為什麼要直接將你的外表使用在我身上呢？」哈羅德試著發問。「通常應該會融合多名人類的外表，況且我還是要獻給女王陛下的禮物。」

法曼沒有回答。他通過樓梯間，踏進下一段階梯。

「她說在我身上，她最喜歡的部位是臉。請問跟這件事有關係嗎？」

「你能不能安靜一點？」

法曼只是冷漠地說了這句話。

一走出玄關，他便筆直朝著掀開車罩的車子前進。那是一輛雪鐵龍的古董車。將哈羅德塞進後座之後，他的手往哈羅德的後頸處伸了過來。法曼按住埋藏在人工皮膚下的強制停止運作用溫度感測器。

大約十分鐘的停止運作程序啟動了。

意識開始急速下降。

最後閃過腦海的——仍然是那個不坦率的電索官。

4

才剛清醒，埃緹卡便感到頭痛欲裂。

現在到底是什麼情況？自己好像突然被法曼勒住了脖子。難道是昏過去了？她一邊呻吟一邊試圖起身——這才發現自己的兩隻手跟身體一起被綁起來了。

這是怎麼回事？

埃緹卡確認YOUR FORMA的顯示時間。自從失去意識，似乎還沒過多久。馬文的屍體仍然倒在一旁——不過，沒有看到哈羅德與法曼的蹤影，屋內鴉雀無聲。

——不會吧。

埃緹卡迅速理解狀況，起了雞皮疙瘩。沒錯，自己被綑綁起來就是最好的證據——

照這個情況看來，艾登．法曼帶走了哈羅德。但是，為什麼要帶走他？難道這次是要挾持哈羅德，威脅萊克希博士嗎？

必須立刻追上去才行——埃緹卡掙扎著，試圖解開束縛。過程中，視線無意間往工作桌的下方望去。盤據著厚重黑暗的那裡似乎掉著什麼東西。那是什麼？埃緹卡凝神細看——

便與那東西「四目相交」。

她好不容易才把尖叫吞了回去。

為什麼這裡會有——不，等等。

難不成……

非確認不可。

埃緹卡努力朝馬文的方向爬過去。突然間，繩子發出啪一聲，輕而易舉地鬆脫——看來繩子的某處早就裂開了。不知道是材質老舊還是偶然，不過運氣是站在自己這一邊的。

埃緹卡扯下身上的繩子，重新靠近馬文的屍體。觸碰他的右手時，內心莫名地緊張。她緩緩抬起馬文的手——一如預料的東西就出現在那裡。

這下確定了——一切線索都準確地串連起來，彷彿畫出具體的形象。

艾登・法曼打從一開始就沒有瘋。

他一直以來都只是在「主張真相」。

明明早就已經蒐集了一手好牌。

只不過——實在令人難以置信。

不論如何，現在只能追上法曼了。埃緹卡搖搖晃晃地站起身。她伸手摸索腿上的槍套，但找不到槍。自己在昏倒的前一刻弄掉了槍。可是就算看遍整個房間，別說是自己的槍，連馬文原本使用的自動手槍都不見蹤影——兩把槍都被法曼帶走了嗎？不只如此，連工作桌上的絕緣單元也消失了。

設想得真周到。

雖然感到焦急，但也無可奈何。

埃緹卡離開房間，往下走到一樓。玄關門微微開啟——往外一看，可以發現有車罩被扔在路上，原本停在那裡的車已經不知去向。由此可見，法曼開著那輛車逃走了。

埃緹卡忽然想起放在廚房的有線電話。

此刻應該聯絡十時。有必要請求支援，這種時候絕對不建議單獨行動——不過，埃緹卡把手放到脖子上，被勒過的地方仍在隱隱作痛。

心裡有一股非常不好的預感。

難以言喻的不安正發出強烈的警訊。

就像在說著——現在還不可以通知任何人。

埃緹卡離開房子，趕往停放在牧草地的皮卡車。四周十分寂靜，只有自己的腳步聲空虛地迴響著。夜空寬廣得彷彿能吞噬一切，將早晨隔絕在遙遠的他方。

——『如果要分析或改寫系統碼就沒那麼簡單了，一定需要專用的維修艙。』

法曼要去的地方，毫無疑問是那裡。

YOUR FORMA
第四章——女王的三胞胎

1

他每天都會想起源頭的那一天。

艾爾芬斯頓學院的迴廊中庭種著蘋果樹。每當季節輪替，樹上便會開出白色的可愛花朵，隨風飄下雪片般的花瓣——到了這個時節，她就一定會坐在樹蔭下打瞌睡。將許多事物串連起來，在自己心中建構一套法則或規範——她就是這樣的人。

花開的時候，就要在午休時間到這裡小睡片刻。

這恐怕是聰明的她給自己設下的法則之中最愚蠢的一個。

而且麻煩的是，在下午的課堂開始之前叫醒她，就是他的職責。

「萊克希。」

那天的中庭充滿耀眼的陽光，罕見地沒有降下陣雨的跡象——萊克希就跟昨天一樣坐在蘋果樹下。然而，今天與以往不同。平常的她總是半張著嘴睡覺，此刻卻很清醒。

「艾登。」她綻放微笑。「你終於來了。到底想讓我等幾個小時？」

「平常都是這個時候吧。」法曼忍不住確認YOUR FORMA的時間。「妳好像很高興，又在學會上得到讚美了嗎？」

「喂，你跟我都認識幾年了？」

法曼趕緊補上一句：「剛才那是開玩笑啦，別當真。」

「那就好。」萊克希噘起嘴唇。「如果有人是為了得到那種體系的認同才繼續研究，那大概是很幸福的傢伙吧。」

因為口無遮攔的個性和聰慧的頭腦，她樹立了許多敵人。學院內能與她對等相處的朋友只有法曼，大家都拿她沒辦法。有才華的人才有本錢擺出這種態度。

「不說這個了，快過來，你看。」萊克希朝法曼招手。法曼照她所說，在她身旁坐下——帶著藍色調的深褐色頭髮輕輕飄出柑橘調香水的香氣。而且仔細一看，一頭亂髮中還夾雜著飄落的花瓣。「關於我上次說的研究——」

「萊克希，妳真像個小孩子……」

法曼傻眼地替她撥掉頭髮上的花。學院之中，他從來沒見過比萊克希更不在乎服裝儀容的女性。她也正值花樣年華，明明可以多少打理一下自己——法曼看著萊克希，發現她正用充滿疑心的眼神瞪著自己。

「我剛才想起一件很討厭的事。」

「怎麼突然這麼說？」

「聽說你上次跟其他研究室的女生去約會了？有一群人好像是故意在我面前討論這件事，所以我就算不願意也聽得見。」

法曼思考了一下，這才想到。「妳該不會是說我陪人家去買東西的事吧？沒有啦，因為她說要替弟弟挑禮物，我只是幫個忙……」

「我說你啊，正常來講，禮物這種東西只要參考電商網站AI的建議來買就好了，不是嗎？」

「…………確實。」

「你就是這點不行。」萊克希煩躁地抓亂頭髮。「你應該對自己帶著一顆炸彈出生的事實再多一點自覺，我勸你別再像這樣對每個人都那麼好。」

「炸彈……」法曼忍不住低頭看著自己的胸口。「在哪裡？」

「主要是脖子以上啦，從裡到外都一表人才。」

「謝謝誇獎，但我的腦袋可不會爆炸。」

「你知道有種修辭叫作比喻嗎？」她一臉傻眼地揚起眉毛。「聽好了，要是你被某個無聊的女人纏上，我會很困擾。稍微想一下就知道了吧？」

法曼不禁停止眨眼——等等，她剛才是不是隨口說出了什麼驚人之語？這個意思也就是……不，不可能。可是——

「艾登，只有你能跟上我的話題。」萊克希露出極度認真的表情。「如果你交了女朋友，我大概會覺得很無聊。你想讓最好的朋友過得那麼悲慘嗎？」

好吧，我就知道是這樣——法曼設法掩飾自己的失望。萊克希為學問著迷，對學生之間流行的娛樂沒有興趣，對戀愛更是一竅不通，別說是忘在母親的肚子裡了，甚至令人懷疑是不是打從一開始就不存在。

至於自己對她的想法，她大概一輩子也不會察覺吧。

「萊克希，妳這個要求就太任性了。我總有一天也會跟別人交往，然後結婚。」

她一聽，立刻瞇起眼睛。「因為你是會為那種事感到幸福的人嘛。就算你不特別說出口，我也知道……但至少現在，你只陪著我也不會遭天譴吧？」

雖然萊克希表情若無其事，可以看出她稍微鬧起了彆扭。

「……對了。」法曼決定轉移話題。到頭來，自己還是忍不住順著她的意。「妳剛才不是要說研究的事嗎？」

「對喔。」萊克希很快便重新打起精神，遞出手中的平板電腦。「你看看吧。上次我說的那個，已經幾乎完成了。」

法曼接過平板電腦，閱讀顯示在螢幕上的企劃書——老實說，因此受到的衝擊足以將剛才的對話從腦中一掃而空。原以為不可能實現，然而這麼做確實就能成功。連結主義終於要開創新天地了。

「妳果然是天才，萊克希。」

「我們不是馬上就要畢業了嗎？如果能跟你一起進諾華耶公司，我無論如何都想用這個系統來做阿米客思。」萊克希說得神采飛揚。「到時候你來幫我吧，艾登。我保證一定會成功。」

「當然好了。」根本沒有理由拒絕。

「另外，我還有一個請求。」

「什麼——」

法曼睜大眼睛——因為萊克希的光滑手掌伸了過來，捧起他的雙頰。萊克希露出虎牙微笑，距離近得只差一點就能碰到對方的鼻頭。

「如果要用這個規格來製作阿米客思，我『只想』用你的外表資料。」

「……妳想把我做成阿米客思，拿來使喚嗎？」

「沒錯，你的臉是我心目中的上等貨。」

「我可以拒絕嗎？」

「想使喚你是開玩笑的啦。」她用打趣的口吻說道。「我不會把你做成量產型，而是客製化機型……從以前到現在，這項研究對我來說一直很特別。所以，我希望每一個細節都能使用最特別的東西。」

黑夜般的瞳孔有如映照群星的深淵。

「——你懂嗎？這表示你是對我來說最特別的人。」

法曼只能回以無力的微笑——這番話還真是殘酷。

即使如此仍不想拒絕，或許是因為自己的年少輕狂，又或者是因為對她還抱有眷戀。如果能將外表借給萊克希致力追求的目標，自己就能永遠成為她心目中最「特別」的人了嗎？

法曼連萊克希隱瞞了什麼都不知道，這麼心想。

但她卻打算一個人完成這一切。

他們曾是摯友。

然而——兩人從來不曾站在同樣的高度。

*

埃緹卡抵達劍橋的時候，已經接近破曉時分。

橫跨劍河的道路空無一人，皮卡車熄火後，寂靜就變得更加濃烈了——埃緹卡在下車的同時，確認恢復連線狀態的YOUR FORMA是否有收到新訊息。沒有來自十時的聯絡。她現在應該還以為埃緹卡仍滯留在科茲窩地區。

埃緹卡仰望眼前的大門——哥德式建築的學院以威風凜凜的姿態俯視著自己。根據YOUR FORMA的分析，這棟建築似乎起源於十五世紀，屋頂上的校旗在黎明的氣息中隨風飄揚。

劍橋大學艾爾芬斯頓學院。

艾登‧法曼會帶著哈羅德前往的地方，只有可能是這裡。

埃緹卡向站在便門前的警衛阿米客思出示身分證明用的ＩＤ卡。

「深夜這段時間，有人出入學院嗎？」

「沒有，校內並無任何人。」警衛阿米客思表現出困惑的神情。「如果您有事拜訪，我會聯絡學院的事務處，請等待至上午八點。」

「這裡還有其他出入口嗎？」

「後門有停車場，但目前關閉中。」

「還有嗎？」

「我會聯絡學院的事務處——」

阿米客思似乎不知該如何是好，重複了相同的句子——太奇怪了。除了這裡，法曼應該不會去別的地方才對。

埃緹卡焦急地環顧四周。學院的校地被高聳的柵欄圍繞，實在不可能翻牆入內。既然如此，還是只能通過便門或後門——無意間，靜靜橫躺在一旁的劍河映入眼簾，附近商店的牆壁上播放的MR廣告宣傳文也一併出現。

〈歡迎參加乘船遊覽活動。報名請洽——〉

二維碼啟動瀏覽器，連結到報名網站——活動內容是搭乘手划船，遊覽流經大學校地內的劍河。

——就是這個。

「快去確認河邊的監視攝影機拍到了什麼。」埃緹卡對警衛阿米客思這麼說道，硬闖過便門。「就算有拍到可疑人物，也要等我許可才能通報，知道了嗎？」

必須盡早救出哈羅德。

一走進校地，貼心的路線指引便接二連三跳了出來。埃緹卡尋找目標中的研究大樓，走向迴廊中庭。草坪修剪得相當整齊，上面種著唯一的一棵樹——根據YOUR FORMA的分析，那是〈蘋果樹〉，但這種資訊現在一點也不重要。

埃緹卡繼續朝校內走去，依照指引往東前進。

研究大樓非常寬廣，不過具備阿米客思分析設備的研究室有限。埃緹卡依序尋找，但每個研究室都上了鎖，無法進入。這裡也不對——於是，她抵達通道最深處的一扇門。這扇門的設計是歷史悠久的尖拱造型，看得出鑰匙孔已經被破壞。

——不會錯。

埃緹卡側耳傾聽，卻沒有聲音從裡面傳出。

雖然手無寸鐵的感覺令人不放心，也只能硬著頭皮上了。

她保持警戒，把門推開。

室內比想像中有情調多了——與其說是研究室，更像是經過改裝的圖書室。地板光滑得有些刻意，天花板則是打通樓層的構造。整面書架放的不是書本，而是器材與工具，木製階梯沿著牆壁往二樓延伸。長長的桌子上擺滿了平板電腦、筆記型電腦與3D列印機等物品——就是沒有人影。

但某處傳來了接近喃喃低語的說話聲音。

有人在——是哈羅德與法曼嗎？

埃緹卡壓低腳步聲，登上階梯。她謹慎地走著每一步，感覺一陣一陣的心跳聲慢慢逼近喉嚨。

當她抵達二樓，立刻感到震驚。

這個樓層放著一整排的阿米客思維修艙。類似豆莢的設計十分現代化，與研究室的復古氛圍完全不搭調——維修艙前面站著一個男人，他有著端正的五官，以及黯淡的褐色頭髮。

艾登・法曼。

埃緹卡看見他的後頸插著絕緣單元，右手握著從她這裡搶走的自動手槍——而他以槍口指著的方向還坐著另一個人影。

「你看，我說得沒錯吧，艾登？我就說電索官一定也會來救哈羅德的。」

萊克希・薇洛・卡特博士——她明明被槍指著額頭，卻還是蹺著纖長的腿，表現出一派輕鬆的樣子。

到底是為什麼？

埃緹卡連想都沒有想過，萊克希竟然會出現在這裡——法曼把手指放在扳機上，就像是隨時準備要打穿她的頭。

「法曼。」埃緹卡努力發出冷靜的聲音。「把槍放下。」

「她說得對。」萊克希本人彷彿事不關己，態度頗為悠閒。「現在說這個有點晚了，但你還是不要做些不習慣的事比較好。你的手都在抖了。」

「電索官。」法曼沒有理會她。「把萊克希抓起來，馬上。」

埃緹卡感到困惑。他突然在說些什麼？

「喂喂喂。」博士不禁笑了。「電索官是來找你的耶。不，真要說的話，應該是找哈羅德……我想她沒有理由抓我吧。」

「妳犯下好幾項罪行，其中最嚴重的就是這個，博士。」

他舉起沒有持槍的那隻手所拿的平板電腦。畫面上密密麻麻顯示著埃緹卡無法解讀的程式語言——從電腦延伸出來的長長傳輸線連接著一座維修艙，隔著半透明的艙門可以看到一個阿米客思躺在裡面。

哈羅德。

埃緹卡屏息。從他閉著眼睛一動也不動的樣子看來，毫無疑問已經進入停止運作的狀態——埃緹卡努力忍住想馬上飛奔過去的衝動。

「電索官，這是我剛剛才分析完成的，哈羅德『真正的系統碼』。」法曼冷酷地繼續說道：「我現在要將這些資料上傳到大學的伺服器，許多人都會看到。如此一來，萊克希，妳就會入獄，ＲＦ型也得接受停止運用的處分。」

埃緹卡咬牙切齒——那果然就是他的目的。

自己被法曼綁架的時候，被迫唸了一段莫名其妙的威脅信。

『請分析哈羅德·路克拉福特的系統碼。萊克希·薇洛·卡特博士對國際ＡＩ倫理委員會說了謊。』

那就是「全部」。

打從一開始就只有這唯一的動機。

法曼的目的是逼迫人們停止運用ＲＦ型——一切的一切，都只是為了達成這個目的的手段。不論是利用自己的長相去襲擊ＲＦ型相關人士，還是綁架埃緹卡以揭穿哈羅德的系統碼。

然而，這些行動都以失敗告終。

不過他被監禁在科茲窩的時候，哈羅德出現在他的面前——法曼恐怕就是在那個時候決定直接分析他吧。位於指定通訊限制範圍的狀況反而成了可乘之機，法曼就這麼擄走哈羅德，帶到這間學院來。配備維修艙的地方除了諾華耶機器人科技公司等機器人開發企業，就只有學院的研究室。

這就是埃緹卡決定來到艾爾芬斯頓學院的理由。

如果對方只是把哈羅德當作人質，情況或許還比較單純。

「萊克希，現在立刻對電索官坦白一切。」

「我坦白又能怎麼樣……反正你還不是要把那些程式碼公諸於世？」

萊克希放棄似的嘆了一口氣——博士應該一開始就知道法曼的目的是什麼。她明明知道，卻隱瞞了這一點。自己早就應該注意到，安格斯副室長與萊克希博士的說法之間有著明顯的矛盾。

安格斯主張：『RF型只是表面上看似會思考。』

萊克希主張：『RF型確實會思考，但沒有人相信。』

其他人並非不相信，只是不知道罷了——然而，她卻對埃緹卡坦白了真相。也許她覺得埃緹卡只是個不懂機器人工學的大外行，就算優先滿足自己的虛榮心，對方也聽不懂自己在說什麼。

「照我說的去做。就算要我在這裡打穿妳那顆了不起的腦袋，我也無所謂。」

「好啦，知道了知道了。不過後悔的一定是你，艾登。」

萊克希乾燥的嘴脣微微吸食空氣，即將開啟——埃緹卡反射性地萌生不想聽的念頭，但她想起了過去曾經在某本書上讀到的內容——眼睛有眼瞼，所以能隔絕自己不想見到的東西。

然而唯獨耳朵，不論怎麼做都不可能真正隔絕聲音。

「——那叫作神經模仿系統。」

她以有些自暴自棄的口氣吐出這句話。

「因為YOUR FORMA的普及，人類大腦的神經迴路（連接組）不是已經被分析得很透徹了嗎？很久以前……連我都還是小孩子的時候，好像有個將這種技術應用在人工智慧領域的專案，也就是用ＡＩ重現人類的大腦。」

埃緹卡無法動彈。

「可是，這個專案失敗了，頂多只停留在平庸的類神經網路。世界上有很多事是理論上可行，但不可能實現。這個專案終究也只是其中之一。它在中途解體，不知不覺間無疾而終……直到我在學生時期將它挖出來為止。」

萊克希所說的話就像擁有自我意志的生物，飄浮在空中。

「從學院畢業，進入諾華耶公司的時候，我的研究就已經完成了。接下來，只需要等待適當的機會來臨。」

針對瑪德琳女王陛下在位六十周年的紀念典禮，將阿米客思獻給王室。

這就是進入諾華耶機器人科技公司的萊克希接下的第一個大型專案。她似乎從在學期間開始，便是在機器人工學領域廣受期待的新星。沒有人比她更適合這項任務，於是公司提拔她，成立了開發團隊。

萊克希決定在這項專案中展現自己長年累積下來的研究成果。

「獻給女王陛下的阿米客思當然會受到全世界的矚目，所以他們必須是諾華耶機器人科技公司……甚至全英格蘭的技術結晶。」

——『ＲＦ型似乎比一般阿米客思聰明多了。』

「所以我決定稱RF型為『次世代型泛用人工智慧』。」

——『妳不覺得哈羅德比一般阿米客思還要接近真人一點嗎？』

「簡而言之就是重現了人類的腦神經迴路，搭載神經模仿系統的阿米客思。」

——『那些聽說也全都是最新科技的功勞呢。』

「雖然其他人都不知道，我還是實現了過去沒有人能辦到的事。」

與量產型阿米客思在思考程序上有著根本性的不同。

具備酷似人腦的神經迴路，嶄新的機械。

這就是——RF型的真面目。

埃緹卡漸漸開始感到口乾舌燥，思緒燒成一片空白，得不出任何結論。

就像是內心不斷凝聚的負面預感在此刻爆發，掩蓋了一切。

「我反對過了。」法曼強調。「我當時身為開發團隊的副主任，負責輔佐她。但是，專案開始後我才明白……不管怎麼想，神經模仿系統都脫離了倫理委員會的審查標準。其中產生的黑盒子實在是太過龐大了。」

國際AI倫理委員會的審查標準非常明白。

也就是審查企劃書，將「無法遵守敬愛規範的系統結構」排除在准許製造的對象之外。

「明明知道無法通過審查，萊克希還是聽不進去。所以，我決定離開團隊。如此一來，開發就會出現嚴重的空缺。我以為這麼做或許能逼迫她改變方針，但是……」法曼搖搖頭。「後來，RF型還是獲得委員會的認可，成功製造了。」

妳知道這代表什麼意思嗎——他咬牙切齒地補上這句話。

——萊克希·薇洛·卡特博士對國際AI倫理委員會說了謊。

「在我看來，不只塔爾伯特，整個委員會就是一群無知人類的集合體。」萊克希露出微笑，溫和得可怕。「只靠巧妙一點的假企劃書就能輕易騙倒他們。坦白說，那種機構的存在根本沒有意義吧？」

埃緹卡好不容易才開口說道：

「開發團隊的其他成員，還有安格斯副室長……他們全都配合妳說謊嗎？」

「不，我也騙過了其他人。我說電索官，妳別看我這樣，其實我很厲害的。要搭載企劃書上所寫的假系統，藉此掩蓋真正的系統，對我來說不是什麼難事。」萊克希一臉無聊地搖晃椅子。「但跟安格斯他們不同，艾登原本就知道神經模仿系統的存在，而且也能理解，他才有辦法像現在這樣透過哈羅德引出真正的程式碼……」

是我太蠢才會告訴他——她嘆了一口氣說道。

「艾登一開始明明也很清楚，為什麼事情會變成這樣呢？」

「不要裝出一副受害者的樣子。直到開發起步為止，妳都一直隱瞞RF型的巨大黑盒子吧。」法曼露出沉痛的表情。「那種東西，我們根本承擔不起，甚至違背倫理。只要稍微思考一下，妳也應該知道那是不能碰的東西。」

「倫理？」萊克希笑了出來。「倫理啊……像你這麼一板一眼的工程師最喜歡那種東西了。」

埃緹卡想起在法曼的機憶中窺見的感情。原來如此，他一直以來都很後悔，後悔讓萊克希違背倫理——後悔沒能阻止她跨越身為一個人、身為一個工程師必須遵守的原則，就為了優先滿足自己的好奇心。

他獨自懷抱著RF型的真相至今。

退出開發團隊後告發萊克希，透過小報得知史帝夫一事而犯下這次的罪行——全都是因為他讓可能威脅人類社會的阿米客思問世，才要負起責任。最重要的是，他讓重要的人做出這種事，必須為此贖罪。

法曼的動機合情合理。

他的做法當然不可取。傷害達莉雅等無辜的RF型相關人士，終究是不可原諒的行為。

只不過——萊克希的行為無疑比他更加脫離常軌。

「我明明阻止妳好幾次了，為什麼妳還是要付諸行動？妳明知事情會變成這樣。」

「變成怎樣？」

「史帝夫失控，馬文則綁架並監禁了我。」

「艾登。」萊克希用手撐著下巴，靠在腿上。翹起的頭髮從她的肩膀上滑落。「我並不覺得自己做錯了什麼事，一點也不。」

「萊克希。」

「『我跟你不一樣』。」

淡淡的光柱從裝設在天花板附近的採光窗落下。夜晚再過不久就會蒸發，消失得無影無蹤——但與之相反，萊克希的眼瞳仍然封閉，深不見底。

「艾登，以前我也曾相信你跟我是一樣的……但到頭來，好像只有我才是天生特別的人。」她的臉上不帶輕蔑之意，只是面無表情。「你聽好了，特別的人就必須做些特別的事。我超越了誰都無法超越的極限，做出能自己思考的全新物種。」

「我已經說過好幾次，就算做到這個地步，那也不會成為妳的功績。」

「你也真迂腐耶。」萊克希瞇起眼睛。「我從來就不曾拜託別人讚美我，只不過是他們擅自奉承罷了。我不是為了得到讚美才這麼做。不論何時，我都只做自己想做的事，今後也一樣。如此而已。」

法曼的槍口微微顫抖。

「……看來我和妳果然再也無法互相理解了。」

「你想理解我嗎？原來是這樣喔……因為你是好人嘛，從以前到現在都沒變。我本來很喜歡你這一點的。」她的話裡沒有任何感情。「你要告發我是沒關係，可是啊，不覺得哈羅德很可憐嗎？他什麼錯也沒有，卻因為你多事，就要接受停止運用的處分。」

沒錯——埃緹卡的思緒總算發出刺耳的聲音，勉強開始轉動。

神經模仿系統欺騙了國際AI倫理委員會。如果這件事曝光，後果不只是萊克希會受罰，影響也會擴及整個諾華耶機器人科技公司。而且……

RF型——哈羅德毫無疑問得接受停止運用的處分。

「我說艾登——」萊克希的聲音開始帶有冰冷之色。「RF型……哈羅德對我來說真的是很重要的孩子，如果你要告發我，儘管用別的罪名告發，唯獨那些系統碼——」

必須還給我。

埃緹卡正想出手阻止——

但太遲了。

萊克希站起來的瞬間，法曼扣下扳機。子彈掠過她的頭髮，陷入書架——萊克希的拳頭狠狠擊中他的臉頰，從旁人的角度也看得出來力道相當猛烈。況且，法曼的身體狀況原本就稱不上完好，他的重心大幅偏移。萊克希揪住他的衣領，把他壓在空的維修艙上。

平板電腦從法曼的手中掉落。

她立刻伸手去拿——但在搆到之前，法曼硬是把平板電腦踢飛了。「啊啊，你搞什麼！」博士與他扭打在一起——遠離兩人的平板電腦在地上滑動……

然後停止在呆立於原地的埃緹卡腳邊。

——咦？

「電索官……」法曼呻吟道。「拜託妳把那些資料上傳到伺服器，快點——」

「不行！」萊克希怒吼般插嘴說道。「刪除那些程式碼。妳也不希望哈羅德停止運作吧！」

畫面已經從剛才的一連串程式語言切換成大學伺服器的上傳介面。應該是法曼準備到這一步的吧——只要點擊一下，哈羅德的系統碼就會被公諸於世。

等一下。

埃緹卡仍然呆滯。

萊克希博士是反叛倫理委員會的罪犯，此刻應該公開系統碼，讓她接受正當的制裁——沒錯，法曼的主張很有道理。他本身就是為了達到這個目的，才會犯下多起案件。

就算埃緹卡現在遵從法曼的要求，他也不太可能再度逃走。這次，他肯定會乖乖接受逮捕。

不過——

如果自己貫徹了正義，哈羅德會有什麼下場？

埃緹卡望向維修艙——阿米客思仍然躺在那裡，雙眼緊閉。他不會有什麼下場，就只是維持現在的狀態罷了。

再也不會醒來，也不會與他人交談。

一股反射性的寒意竄上背脊。

我不要。

我不能讓他遭受那種對待——為什麼？自己明明被哈羅德欺騙了好幾次，總是被他牽著鼻子走，這次也被當成誘餌，遭到法曼綁架，經歷了可怕的一夜。

再加上——RF型隱藏著違反敬愛規範的危險性。

槍聲。

埃緹卡回過神，抬起頭來。

法曼在一陣扭打之中，射穿了萊克希的腳。她的腿一軟，當場跪下，血液慢慢從她的右大腿滲出——法曼仍然握著槍，肩膀隨著呼吸大幅起伏。

「為什麼不聽我的話……電索官，妳也跟萊克希一樣嗎？」

他搖搖晃晃地走了過來——萊克希呻吟著，試圖抓住他，卻搆不到。她已經站不起來了，只能忍著疼痛大叫：

「艾登！你真的是講不聽……！」

「電索官，既然妳身為執法者，就應該伸張正義。」

法曼這麼說著，走到埃緹卡面前。大概是遭到毆打時受傷的，他的嘴脣滲著血——並不是黑色的循環液，而是純粹的紅色人血。

埃緹卡還是無法動彈。

「妳什麼都不懂。他們確實會思考，但他們的思考與計算……是深不見底的黑洞。那終究不是我們能夠理解的東西。」

計算——哈羅德採取的任何行動確實都經過計算，就連每一個笑容都是他的策略。所以，他能將人類玩弄在股掌之間，甚至不讓對方察覺自己正遭到玩弄。

但是——

法曼的手伸向掉落在埃緹卡腳邊的平板電腦。

『我也覺得，如果能潛入妳的腦海該有多好……』

忽然間，哈羅德寂寞的微笑在腦中復甦。

『大概要那麼做，我才能真正了解妳這個人吧。』

——即使那番話、那個表情，全都在他的計算之內。

「那也無所謂」。

不論他的心是什麼模樣，都無所謂。

那個時候，偵破知覺犯罪之後，自己不也這麼想嗎？

埃緹卡一瞬間對自己的想法感到錯愕。

但是——自己無論如何都無法想像失去哈羅德是什麼感覺。

因為對埃緹卡來說，他是第一個。明明肆無忌憚地闖入自己的心，卻沒有任意踐踏，反而留下了前所未有的溫暖——所以自己才天真地相信了他。

一旦讓他人進入自己的心，恐怕就無法回頭了。

再也沒辦法回到如機械般壓抑自己的日子。

不要知道還比較好嗎？

如果能一個人繼續依靠藥盒鍊墜，事情就不會變成這樣了嗎？

即使如此——

自己還是——一點也不覺得不要知道比較好。

這麼做是「錯誤的」。

她心知肚明。

回過神來，埃緹卡已經抓住法曼的手——他的指尖在碰到平板電腦的前一刻停下。兩人四目相交。埃緹卡看著那雙與哈羅德十分神似，卻更憔悴、更像生物的眼睛。

「我會保管哈羅德的系統碼。」聲音彷彿不屬於自己，清楚地發出。「艾登・法曼，我要重新逮捕——」

「要說謊也說得像樣一點吧。」

法曼甩掉埃緹卡的手——然後使勁推開她。埃緹卡並沒有大意，但力氣終究敵不過對方。她無力抵抗，一個踉蹌之下，背部撞上欄杆。短促的吐息脫口而出。

強烈的疼痛竄過背部，使她緩緩跌坐在地。

埃緹卡拚命抬頭的時候，他已經拿起平板電腦了。

「……原諒我。」

那根手指瞄準系統碼的上傳選項——

按了下去。

速度之快，真的只是一瞬間。

——騙人的吧。

畫面切換，螢幕上的進度列在轉眼間逐漸染上藍色。距離上傳完畢還剩四十秒、三十秒、二十秒……

埃緹卡立刻試圖站起，但是腳踝扭往意料之外的方向，使她發出哀號。大概是跌倒的時候扭傷了吧。別開玩笑了，為什麼偏偏挑這種時候？

——哈羅德。

『在解決案件前的這段時間，我會努力當妳的好搭檔。』『妳為什麼要故意把自己表現得像是冷酷無情的人呢？』『這是我表現誠意的方式，請妳了解。』『妳才應該更重視自己一點。』『我很喜歡妳看似冷漠，其實很體貼的個性。』『我完全沒有將妳置於險境的意思。』『不，還是算了吧。我無法準確地形容。』

我還沒聽到那番話的後續。

情感如浪潮般襲捲而來。

如果不是他，大概就——

還剩十秒。

突如其來的巨響貫穿了鼓膜。

什麼——埃緹卡愣住了。艾登．法曼的身體緩緩倒下，彷彿留下殘渣，細小的紅色在空中飛舞——埃緹卡總算明白，被吸向天花板的這陣衝擊是強烈的槍聲。

落下的平板電腦發出響亮的聲音。

「我已經說過了，會後悔的是你……」

萊克希正好放下不知從何處取出的槍——自動手槍（芙蘭瑪15）。是從那個工坊遺失的，馬文的槍——現在不是驚訝的時候了。

埃緹卡被某種力量驅使，伸手去拿平板電腦。她維持趴在地上的姿勢，渾然忘我地將它拉過來——進度列仍在持續運作。

還剩三秒。

埃緹卡按下取消上傳的按鈕。

畫面頓時靜止。

在僅剩一秒的狀態完全停了下來。

剎那間，全身都恢復了原本的溫度。

——趕上了。

埃緹卡抱住平板電腦，仰頭朝天。全身都有嚴重的麻痺感，同時，不由分說地湧向自己的是——

一陣陣令人窒息的愧疚。

2

艾登．法曼腹部中槍，傷勢相當嚴重。目前恐怕暫時無法進行偵訊，但他能保住一命已經是不幸中的大幸。

接獲通報的救護隊員與警察趕到現場，使研究室內陷入一片嘈雜。埃緹卡看著急救處理完畢的法曼被抬出去——一旁有十時的全像模組正用銳利的視線緊盯著自己。

『冰枝，妳怎麼老是做些有勇無謀的事……為什麼不聯絡我？』

「……我真的很抱歉。」

埃緹卡只能老實認錯。自己本來就很清楚，單獨追捕他是很不適當的行為。但即使如此，一想到可能隱藏在ＲＦ型之中的祕密，埃緹卡便認為不應該向十時報告——十時似乎並沒有察覺任何異狀。

『幸好最後有逮到人，但今後妳可千萬別再這樣了。』

「對不起，雖然也是因為輔助官被擄，我才會驚慌失措……但我太輕率了。」

『妳總該想到會有什麼萬一吧。改天我會再找時間好好訓妳一頓，做好心理準備吧。』十時斷然說道。『另外，學院剛才提供監視攝影機的影像給我們了。法曼和博士都是用划船的方式，從劍河入侵大學校地。他們倆還真像呢。』

看來入侵手段正如埃緹卡的推測。

『對了，最重要的路克拉福特輔助官呢？』

「目前萊克希博士正在進行重新啟動的準備。」

『很高興至少能聽到一個好消息。接下來，記得好好替博士「善後」。』

「……我知道了。」

十時的全像模組融化般消失——結束通話的埃緹卡不禁垂下肩膀。課長這麼信任自己，真的幫了大忙。同時，罪惡感在心中沸騰。

埃緹卡試圖壓抑，輕輕閉上眼睛。

把沉重的眼瞼抬起來之後，她回過頭——萊克希就在哈羅德的維修艙前。她中彈的右腿綁著止血帶，坐在椅子上，默默操作平板電腦。不知道該拿她怎麼辦的救護隊員站在一旁。

「請妳聽話，卡特小姐。妳中彈了，現在應該立刻前往醫院。」

「等我把這些事做完再說。而且簡易麻醉很有效，我已經不會痛得走不動了。」

「那只是急救處理，並不是萬全的治療……」

「真的很囉嗦耶。十分鐘之後再來吧，到時候就全部結束了。」

救護隊員很顯然放心不下，但她卻不理不睬。隊員只好放棄，與埃緹卡擦身而過，往樓下走去——萊克希沒有抬頭，只是開口說道：

「電索官，哈羅德很快就會醒來，到時候我會乖乖去醫院的。」

「博士。」埃緹卡試著安撫自己，盡量放慢速度說道：「等妳的傷勢復原，我就必須逮捕妳了。」

「啊啊……妳是說剛才的事嗎？」

「——再加上虐待馬文與綁架艾登．法曼的嫌疑。為了對法曼的機憶動手腳，妳利用馬文監禁了他，沒錯吧？」

荊棘般的沉默慢慢陷入肌膚。

「這個嘛——」她動著薄薄的嘴脣輕聲說道。「也難怪妳會發現。畢竟在妳來到這裡之前，我就已經知道艾登綁架了哈羅德。」

萊克希不為所動，甚至露出柔和的微笑。

「我先把剛才的東西交給妳吧。」她從口袋裡拿出某個東西，丟給埃緹卡。「既然要逮捕我，妳最好拿著這個。」

埃緹卡注視著自己接住的東西——機憶變造用ＨＳＢ。

前不久，自己正在用YOUR FORMA呼叫救護車的時候，萊克希爬向倒地的法曼。她從他的連接埠拔出絕緣單元之後，插上了這個ＨＳＢ。

為的是將剛才的祕密對話從他的機憶中刪除。

「難得的機會，我想聽聽妳的推理，天才電索官。」

「……博士，妳從ＲＦ型相關人士襲擊案發生的時候開始，就已經察覺法曼是犯人了。」埃緹卡模仿平時的哈羅德，就像拼起一片片拼圖，編織出真相。只不過，手法當然比他笨拙多了。「因為妳本來就『一直瞞著別人私下持有馬文』，必然能察覺案件的犯人就是法曼。可是，妳沒有告訴任何人。妳害怕他被逮捕後，警方真的會透過某種方式查出ＲＦ型的祕密。」

「沒錯沒錯。因為你們開始偵辦這起案件，我就焦急地心想：這下非想想辦法不可了。」萊克希重新開始操作平板電腦。「老實說，我本來打算搶先綁架艾登，對他的機憶動手腳……卻來不及。我還以為全部都會曝光，已經完蛋了。可是跟電索之後的你們聊聊，我才發現你們什麼都還不知道。」

「因為按照規定，我們不能追溯到案件以外的機憶。只不過，根據精神鑑定的結果，我們本來打算再度對他進行電索。」

現在回想起來，法曼本身應該也想透過電索，繼續嘗試揭發真相——畢竟他在埃緹卡潛入之前曾經拜託她「追溯到許久以前的機憶」。他以前曾看過萊克希展示給他的系統碼，也就是RF型的祕密。他應該是打算透過機憶，讓那些程式碼曝光吧。

「就是因為這樣。我聽說他要被移送到其他地方接受精神鑑定，便覺得錯過這次就再也沒有機會了……」

「所以妳就『讓搜查局的警衛阿米客思故障』，使他們更改了駕駛模組的設定嗎？」當時，因為信任她而說溜嘴的人就是自己——埃緹卡很想痛毆自己一頓。

「妳上次說過，『如果只是要引發一點錯誤，用平板電腦就能搞定』。」

自己曾在分局的入口大廳看到萊克希對警衛阿米客思說話的樣子。那個時候，她的手上拿著平板電腦，而且只有阿米客思曾經出入可以更改設定的保全室。

萊克希開朗地說道：「為了避免給別人添麻煩，我把他們設定成沒握著方向盤的時候都能正常運作。另外，我也刪除了一部分的記憶。」

「妳一開始就打算讓法曼逃走，然後再綁架他嗎？」

「他跑得比想像中快，讓我費了一番工夫，但馬文很優秀。因為我正好得協助警方調查馬文的案件，才拜託他幫忙，結果順利得令人驚訝。」

法曼被馬文抓住的時機，恐怕是他本身的定位資訊中斷的那個時候吧——就這樣，他被帶往科茲窩。那棟房子是萊克希的別墅。她位於阿米奇堤亞地區的住家有收納了兩把鑰匙的鑰匙盒，就算其中一把是自用車的鑰匙，住家的玄關門也是不使用鑰匙的掌紋認證系統。

位於技術限制區域的別墅應該是個絕佳的監禁地點。

不過，哈羅德早就看穿這一點，遠比埃緹卡早多了。

「我去別墅查看艾登的情況時，不只發現馬文死了，妳還昏倒在那裡，嚇了我一跳。而且最重要的艾登甚至跟應該在場的哈羅德一起消失了。」

萊克希馬上猜到發生了什麼事。所以，她帶走掉在現場的搜查局自動手槍作為自衛工具，比埃緹卡早一步追上法曼。

「可是電索官，妳還沒說到最重要的部分。」她仍繼續操作平板電腦。「妳到底是在什麼時候發現是我的？」

埃緹卡不禁想起那幅景象——稍微語塞。

「在妳的別墅恢復意識的時候……我在工作桌下面發現了『利伯的頭』。」

沒錯。那個時候，自己看到的是前陣子在萊克希的住家遇到的家政阿米客思——利伯的頭部。被殘忍切斷的頭帶著沉穩的微笑，掉落在地上。

那瞬間，埃緹卡察覺了真相，所以她確認馬文的右手——最壞的預感成真了。

馬文的拇指上有著與利伯相同的蝴蝶刺青。

「妳為了綁架法曼，『組合了』馬文的頭與利伯的身體。」埃緹卡難掩苦澀的表情。「因為利伯的刺青很特殊，我就發現法曼被監禁與妳有關……只不過……」

唯獨她隱瞞自己持有馬文的事令人百思不解。

「妳將馬文的屍體遺棄在泰晤士河邊，製造他已死的假象，為的是阻止警方繼續搜索他嗎？」

「答得好。」

「妳應該很清楚，這麼做會讓路克拉福特輔助官的立場陷入險境。」

「但那也只是一時的。當然了，我也覺得很對不起他。」

「妳為什麼不惜做到這個地步……」

萊克希總算從平板電腦上抬起頭——她的臉頰浮現有些落寞的微笑。

「我找到馬文已經是很久以前的事，他當時就故障了。具體來說是黑盒子發生了某種問題，就連我也修不好。可是如果其他人知道這件事，不是會想舉辦葬禮來悼念他嗎？」我不想放手讓心愛的兒子離開——萊克希嘆息著這麼說道。「所以我一直把不會走路也不會說話，簡直像個人偶的馬文藏在別墅裡。然而這次警方開始認真投入搜索行動，萬一被發現，別說是葬禮，我覺得他甚至會遭受更悲慘的待遇……」

於是她決定乾脆偽造馬文的屍體。

「可是，那麼做跟親手殺了馬文沒有兩樣。」

「不一樣。因為對阿米客思來說，最重要的是這裡，我的做法是在保護他。」萊克希輕輕用手指敲著太陽穴。「只不過……我把馬文裝到利伯的身體上，是為了讓他去綁架艾登，而我也很驚訝。我抱著聽天由命的心態改寫了幾段系統碼，沒想到真的動起來了。」

從口氣聽來，她顯然沒有一絲罪惡感。

「雖然他還是一樣不會說話，好歹能理解命令。如果是為了保護兄弟的祕密而行動，一定也符合他的期望吧。嗯，我相信他會那麼說的。」

埃緹卡無法壓抑心中湧現的厭惡感。他真的希望如此嗎？現在當然已經無從確認了——但她的主張還是讓人難以接受。她嘴上說不希望人們舉辦葬禮來悼念馬文，但又無情地切斷了他的四肢，其中存在某種矛盾。

然而，在博士心中，這一切都合情合理。

實在是無可救藥。

「我想說的是，馬文是因為被我改造才會攻擊妳和哈羅德。因為我交代他，排除任何妨礙監禁艾登的人。換句話說……他跟史帝夫不一樣。」她把平板電腦放到附近的推車上。「電索官，我會如妳所願，接受所有罪名的刑罰。我無意逃避。」

YOUR FORMA

萊克希的雙眼筆直地仰望著埃緹卡——她的眼瞳仍然是一片黑夜。

所有罪名。

其中也包含欺騙國際AI倫理委員會的事實吧。

只不過——

「……萊克希博士。」

「什麼事？」

「具備神經模仿系統的阿米客思……」埃緹卡舔了自己的嘴脣。因為她很清楚，自己正要問出一個可怕的問題。「RF型擁有很類似人類的機械腦，到頭來……他們跟人類究竟有什麼不同？」

萊克希的眼睛稍微睜大，然後又馬上瞇起。她只做出這個舉動，並沒有微笑。

「既然是在機械的身體裡放入模仿人類的機械腦，也難怪妳會有這個疑問。實際上，他們確實遠比其他阿米客思還要像真人。」

但還是跟人類不一樣——她輕聲說道。

「神經模仿系統的確重現了人的大腦，不過那也只是在腦袋裡裝了接近人腦的東西，並不代表他們能成為人類。」

「可是，妳說過RF型的黑盒子範圍很大吧。多虧如此，他們才能跟人類一樣發展出個人特質，並且成長……這就幾乎等於是人類了吧。」

「別把自己看得太廉價了，電索官。」

「……廉價？」

「如果那麼簡單就能做出人類，大家早就做出來了。追根究柢，就連『人類』的定義都能讓一大堆派系爭論不休呢。」

「既然如此──」埃緹卡忍不住改用幾乎是逼問的口氣。「既然如此──路克拉福特輔助官到底『是什麼』？」

表現得比人更像人的他是什麼？一方面對達莉雅付出親情，一方面對奪走索頌的悲劇懷抱黑暗的仇恨；看起來明明與人沒有兩樣，卻又會在某些瞬間顯露出極度冷酷的機械特質──他究竟是什麼？

「『我不知道』。」

萊克希就跟上次一樣，以再認真不過的表情答道。

埃緹卡一瞬間懷疑起自己的耳朵。

「──咦？」

「我說了，我不知道。」她嘴上明明說著相當不負責任的話，口氣卻十分真誠，顯得表裡不一。「妳聽過《科學怪人》的故事嗎？」

那是一名青年試圖做出理想中的人類，褻瀆了神的故事。

據說他完成的只是一個怪物。

「就算想做出『像人』的東西，成品也不一定接近人類。《科學怪人》中的法蘭克斯坦本來想做的也不是怪物。」

RF型的黑盒子遠比其他阿米客思更深、更廣。

他們是人類絕對無法窺見的某種深淵。

阿米客思無法接受電索。

目前，誰也不可能參透他們的心思。

「『我們到底是什麼，由妳來決定就行了。』」

萊克希的呢喃彷彿被某種東西附身。

「我想……如果是馬文，或許會這麼說吧。」

埃緹卡終於注意到一件事。

自己該不會是將信賴寄託給一個深不可測的人物了吧？

即使如此，那個時候——法曼正要將哈羅德的系統碼上傳到伺服器的瞬間，她察覺了。面對恐懼，某種邏輯無法解釋的感情襲捲而來。

她知道自己已經再也無法變回遇見他以前的樣子。

要放棄已經體會過的暖意，遠比過著永遠不懂何謂溫柔的生活要困難多了。

埃緹卡總覺得自己似乎變得相當愚蠢。

實際上，或許真是如此吧。

「萊克希博士——」好不容易擠出的這句話如鉛一般沉重。「我是一名搜查官，必須忠於法律。只不過……我無法讀懂系統碼，所以我也不知道神經模仿系統『是否真的存在』。」

這番話沒有餘音，只是在空中散落。

萊克希緩緩露出她的虎牙。

「——謝謝妳。」

開懷的微笑近乎純真。

「我就知道，妳一定會保護哈羅德。」

埃緹卡逃不過她的眼光。

這恐怕不是正確的選擇。

自己總有一天會為今天的決定後悔嗎？

「我說電索官——」博士沒有停止，用柔和的語氣說了下去。「如果妳希望哈羅德今後也能繼續擔任輔助官，有一件事……我想先告訴妳。」

妳就當作是我在自言自語吧——她這麼說道。

*

「路克拉福特輔助官？」

系統啟動完畢時，視覺裝置率先捕捉到的是埃緹卡的身影。她以前所未有的糟糕臉色窺探著哈羅德——隨後又趕忙退開。大概是因為在頗近的距離下四目相交吧。

看來自己又得以甦醒了。

哈羅德感受到難以名狀的安心——雖然他認為埃緹卡肯定會找到自己，還是懷著一定的擔憂。艾登·法曼或許會在她救出自己之前，很快地分析出自己的系統碼，然後公諸於世。

不——該不會已經公開了吧？

目前還不清楚狀況。

「輔助官，你聽得見嗎？」埃緹卡問道。「感覺如何？」

「即使關閉痛覺，感覺應該還是很糟糕吧。」是萊克希的聲音。「畢竟他的雙手雙腳都被打斷了。我剛才真該多賞艾登一發子彈。不，開玩笑的啦。」

轉頭一看，博士竟然就坐在維修艙旁邊的椅子上。哈羅德坦然感到驚訝，沒想到她也在場。

「博士，妳怎麼會在這裡？」哈羅德還以為她會先以綁架犯的罪名遭到逮捕。

「喂喂喂，你現在該說話的對象是她，不是我吧。」萊克希感到傻眼。「算了。我要跟那個煩人的救護隊員去約會了，你們倆就留下來慢慢聊吧。」

我會叫安格斯來接你——她留下這句話，被趕來的救護隊員揹起，離開現場。哈羅德開始推測。原來如此，看來案件已經大致偵破了。

「博士堅持要等你醒來再去醫院。」埃緹卡一邊目送萊克希的背影，一邊這麼告訴哈羅德。「發生了很多事，她的腿被法曼射中……」

「這麼說來，妳已經找到法曼了嗎？」

「找到了，但他受了重傷，我想應該暫時出不了醫院了。」從埃緹卡的口氣聽來，使法曼受傷的人大概是博士吧。原來如此，她確實有可能下得了手。「總之，你還是擔心自己吧。安格斯副室長來接你之後，就要馬上再去修理工廠了。」

想想也是。「幸好這裡是英格蘭，這下不必等待零件到貨了。」

「我說你啊。」

「開玩笑的啦。」哈羅德盡量露出一如往常的微笑。「謝謝妳救了我，電索官。」

不知道埃緹卡有什麼想法，她隱隱別開視線，究竟是出於單純的「害羞」，還是出於「愧疚」呢——看起來兩者都有可能。不知從何時開始，哈羅德對觀察她的能力愈來愈沒有自信了。

「萊克希博士比我更拚了命救你。不過，企圖利用馬文綁架法曼的人也是她……」埃緹卡講話比平常還要快，支支吾吾地道出事情原委。「博士康復之後，我會逮捕她……雖然這麼做可能會讓你很難過。」

「不，不論理由為何，犯罪的人就應該接受制裁。」

這是真心話。萊克希是哈羅德的「母親」，但他們之間本來就不存在人類親子般的執著，正如哈羅德與史帝夫他們的「手足之情」不同於人類。

「輔助官。」埃緹卡望過來，視線投射著淡淡的責備之意。「你早就知道博士是綁架犯了吧。」

「是的……我早已察覺。」這也只能承認了。「拜訪她的住家時，我從利伯口中問出了各種線索，也記住了屋內的情形。」

「那個鑰匙盒嗎？」

「晾在庭院裡的衣服也是。衣服都染黑了，大概是切割馬文時沾到循環液，洗不掉吧。最重要的是……」哈羅德一邊說明一邊仔細觀察她的表情。「法曼將妳擄走的那天晚上，萊克希博士出現在酒吧對面的餐廳。不知是為了什麼，她似乎本來就計劃要綁架法曼。她大概是認為我們遲早能逮到他的馬腳才跟蹤我們，企圖搶先綁走他。」

哈羅德以為埃緹卡會生氣地說「為什麼不告訴我」，她卻罕見地安靜。不只如此，她看起來甚至對哈羅德隱瞞此事一點也不憤怒，仍是一副心不在焉的樣子。

現在必須刺探她究竟知道了多少。

「電索官，妳覺得博士為什麼不惜做到這個地步也要綁架法曼？」

「我不知道。」埃緹卡不假思索地回答。「應該說……我還以為你應該比我更清楚呢。」

「我到現在仍無法猜出她的動機。就算博士想袒護身為犯人的法曼，利用馬文來監禁他也很不自然。」

「偵訊後應該就能真相大白了吧。」

「博士沒有跟妳說什麼嗎？」

「我們根本沒機會說話，光是要救你就費盡心力了。」

「法曼也讓我感到不解。」哈羅德刻意裝傻。「他為什麼要擄走我，把我塞進這個維修艙呢？目的是什麼？」

「不審問法曼也說不準，但我想……大概是為了改造你吧。」埃緹卡的手從剛才就一直在膝蓋上握拳，彷彿不願意觸碰任何東西。「他本來就想讓博士失勢，大概是想改造你這個RF型，讓你失控，藉此傷害博士的名譽。」

「他的目的應該不是讓博士失勢才對。進行電索的時候，妳不也這麼說嗎？妳說法曼是基於某種責任感才會行動。」

「是我說明得不夠清楚，我指的是『讓博士失勢』的責任感。他的人格有問題，所以那個時候你才會提議申請精神鑑定吧？」埃緹卡以單腳站起。「抱歉，十時課長打電話給我……我馬上回來，你乖乖待在這裡。」

——電話真的響了嗎？

雖然心裡浮現這個疑問，哈羅德並沒有說出口。

也許埃緹卡單純只是累了。雖然擔心她是不是知道了自己「腦中」的祕密——但萊克希不太可能那麼輕易就坦白真相。即使法曼主張其存在，以他的立場，恐怕也得不到埃緹卡的信任。

但願她能當作胡言亂語，不要放在心上。

哈羅德抬起手臂，呆呆地望著斷掉的手指。

『我們要怎麼樣才能站在對等的立場？』

她當時那抹極度落寞的微笑在腦中重新播放——根本就不可能對等。自己與她有著完全相異的本質。對哈羅德來說，這一點理所當然，甚至稱不上問題。

但是，埃緹卡不同。

自己到目前為止從來沒見過任何一個如此期望的人類。

『就像以電索潛入人腦，真希望我能進到你的思緒裡。』

又一次，系統的處理受到莫名的壓迫——未知的感情。自己究竟要到何時才能分析這種感情呢？萊克希會有答案嗎？

現在的自己明明只希望埃緹卡什麼也不知道。

但可以的話，自己再也不想看到她露出那麼痛苦的笑容了。

會忍不住這麼想，究竟是為什麼呢？

終章——共犯

1

國際AI倫理委員會倫敦總部——塔爾伯特委員長的辦公室可以清楚看到高聳的英國電信塔。這座電波塔是倫敦的知名地標之一。埃緹卡的目光離開它那重疊好幾個圓所組成的造型，回到委員長的辦公桌。

「意思是兩具RF型的失控，都是出於卡特博士的改造？」

塔爾伯特仍然坐在豪華的辦公椅上，搓揉眉心——他正透過YOUR FORMA閱覽諾華耶機器人科技公司提出的最終調查報告書。

「正是如此。」埃緹卡回答。「經過偵訊，博士已經招供。她表示，自己早就暗中開發了使RF型攻擊人類的系統碼。她改造史帝夫與馬文，似乎是實驗的一環。」

「那哈羅德呢？」

「我們已經徹底檢查過了，並沒有發現改造的跡象。」埃緹卡身旁的安格斯副室長說道。「被寫入異常程式碼的，似乎只有另外兩具。」

「而且說到馬文，甚至還被她拿來報復犯下案件的法曼？」

「是的。」埃緹卡點頭。「她原本就私下持有馬文，用於實驗。之所以刻意遺棄屍體，似乎是為了讓警方停止搜索。因為她擔心萬一警方找到馬文，引發失控用的程式碼就會曝光。」

在那之後過了一個星期。

ＲＦ型相關人士襲擊案改稱為諾華耶機器人科技公司員工襲擊案，終於在社會上傳開。艾登・法曼與萊克希・薇洛・卡特以嫌疑人之名上報，對於在複雜的形式下落幕的案件始末，媒體用「天才之間的感情糾紛」下了白話的總結。

諾華耶公司內部的溝通不良與安全管理體制的疏失成了眾矢之的——另一方面，關於ＲＦ型的情報則是隻字未提。他們好歹也是獻給王室的阿米客思，如果他們被利用的消息曝光，不免會遭到進一步的抨擊，甚至使企業本身被視為君主制反對派。諾華耶公司與倫理委員會徹底掩蓋了所有情報。

另一方面，比起仍在住院的法曼，萊克希更是輿論的焦點。原本在學界鼎鼎有名的天才博士竟一夕淪落至此，這對媒體而言可說是求之不得的佳餚。

但埃緹卡每次看到寫得煞有介事的煽動報導，總是感到有苦難言——因為這些全都是為了隱瞞ＲＦ型的神經模仿系統所說的謊。萊克希選擇放大自己的罪行來守住祕密。

她不惜這麼做也要執著於ＲＦ型的理由與埃緹卡相同嗎？

現在埃緹卡能夠明白。

肯定不是那樣。

「雖然我早就覺得卡特博士是個怪人，沒想到會怪到這個地步。」塔爾伯特也是坦然相信對外報導的其中一人。「不論如何，瘋狂科學家的事就不用再提了。我想知道的是，今後諾華耶公司是否能重新保證RF型的安全性。」

「我們可以保證。」安格斯斷然說道。「正如我們先前重新提交的企劃書，RF型本來就是極為安全的阿米客思。現在敝公司已將萊克希博士解僱，應該不會再發生同樣的問題了。」

「聽說你們會進一步強化對所屬工程師的身家調查？」

「我們擬定了萬全的對策。」

「那麼，今後就看你的表現了，安格斯『室長』。」

安格斯緊張地收起下巴——因為萊克希遭到解僱，特別開發室需要新的室長。原本身為副室長的安格斯會上任是必然的結果。

「冰枝電索官，妳也做得很好……妳明天就要回聖彼得堡了吧？」

「預計是的。」

「這樣啊，真是遺憾。」塔爾伯特用一點也不覺得遺憾的口氣說道。「妳在倫敦過得開心嗎？」

埃緹卡回顧這次的案件——再怎麼樣也稱不上美好的幾段記憶閃過腦海。追根究柢，自己當初來到這裡的原因就已經很糟糕了。

「是……我過得很開心，開心得不得了。」

離開委員長辦公室的埃緹卡與安格斯一起搭上電梯。電梯是採用整面玻璃的透明構造，能清楚看見下方的道路。埃緹卡已經大致看慣倫敦的街景了——紅色的雙層巴士今天仍在路上順暢地奔馳。

「電索官……」安格斯露出有些想不透的表情。「萊克希博士的目的，真的只有妳剛才跟委員長說的那些嗎？」

——但願自己內心的動搖並沒有顯露在外。

「我也參與了偵訊的過程，那些就是全部了。」

「所以妳有對博士進行電索吧？」

「沒有辦法進行電索。」因為安格斯露出不解的表情，埃緹卡補充說道：「原因跟法曼一樣。我上次也說過了，他的機憶已經被博士刪除，而博士本身也用同樣的方法刪除了自己的機憶。」

YOUR FORMA

「可是，用於改造的程式碼已經由我們找出來，所以才能證明吧。」

「她自己也承認了，我想應該不需要其他證據。」

電梯緩緩下降，漸漸靠近狹窄的地表。

「我已經跟博士共事很長一段時間了……沒想到人心如此難測。」安格斯的低語聽起來有些悲痛。「到頭來，我大概一點也不了解她吧。」

埃緹卡假裝沒有察覺湧上心頭的罪惡感。

案發後，遭到法曼襲擊的工程師之中似乎有三個人辭職了。因為他們遇到危及性命的可怕經歷，這也無可厚非——但就連萊克希這個開發室的頭腦都離開了，對安格斯來說，接下來恐怕要過上一段艱困的日子吧。

一走出建築物，馬上就能感受到炎熱的陽光。〈請盡情享受久違的晴朗天氣。〉聽著YOUR FORMA囉嗦的通知，埃緹卡朝街道放眼望去。MR廣告已經轉變成符合晴天的內容，路上行人的腳步彷彿也跟著輕盈了起來。

道別的時候，安格斯努力擺出開朗的笑容。

「這次受妳照顧了，電索官。今後會由我負責維修哈羅德，請放心。」

「謝謝你。」

「妳今天還要去醫院一趟嗎？」

「是的，她終於要出院了。我會跟輔助官一起去接她。」

「那真是太好了，請代我向她問好。」

說完，安格斯便在喧囂中離去——埃緹卡目送他的身影漸漸被人海埋沒，暫時裹足不前。

自己今天撒下了瞞天大謊。

不對，不只是今天。

從那天以來，自己就一直在說謊。

正在發呆的時候，YOUR FORMA收到了訊息——來自哈羅德。

〈我來接妳了。〉

埃緹卡不經意地回過頭——路肩停著一輛共享汽車，一頭金髮的阿米客思在駕駛座上輕輕揮手。該怎麼說呢？他還真會挑時機。

「辛苦妳了。」

埃緹卡坐進共享汽車的副駕駛座，他便以一如往常的微笑迎接。今天的哈羅德穿得很適合春天，套著一件輕便的夾克。辦案時折斷的雙腳已經徹底復原，握著方向盤的手指也修復得很完整，毫髮無傷。

「我剛剛才跟安格斯室長道別，你該不會都看到了吧？」

「是啊，我一直都看著妳。」

「這話從你嘴裡說出來就不像玩笑，實在很可怕。」

「因為我稍微提早抵達，剛才就停在那邊的停車場。」哈羅德聳了聳肩，駕車前進。「我剛才接到達莉雅的聯絡了。她說她已經整理好行李，正在等我們。」

達莉雅是在四天前恢復意識的。

接到消息時，埃緹卡鬆了口氣，差點腿軟。對哈羅德來說，安心的感覺肯定強了幾十倍。第一次探望甦醒的達莉雅時，哈羅德緊緊抱住了她，甚至被現場的護理師阿米客思勸道：「傷口會裂開的。」

埃緹卡也覺得沒有比這更令人高興的消息了。

真的，太好了。

萬一失去達莉雅，不知道會有什麼後果。不要說自己了，特別是哈羅德——恐怕會喪失理智，而且不是所謂的誇飾法。

埃緹卡無意間隔著車窗仰望天空。

晴朗的藍天帶著幾分騙不了人的清白。

2

綜合醫療中心的建築物盡情沐浴著久違的陽光，閃閃發亮。圓環到處都有車輛暫停，但並沒有多麼壅塞——走下共享汽車之後，埃緹卡靠著車頂，單手揮動一本附書衣的平裝書。

「我會在這裡等著。」埃緹卡這麼一說，哈羅德便眨了眨眼睛。他好像沒有聽懂。

「我的意思是……她終於可以出院，你們應該有很多話想聊吧。你們倆可以一邊分享彼此的喜悅，一邊慢慢走回來就好。」

「我很感謝妳的體貼，不過……」

「不用顧慮我，我可以看書打發時間。」

「……謝謝妳，電索官。」哈羅德嘴上這麼說，卻還是遲遲沒有邁出步伐，反而用真誠得令人尷尬的眼神看著埃緹卡。「我可以稍微跟妳談談嗎？」

「咦？」埃緹卡不禁皺起眉頭。「你還想讓達莉雅小姐繼續等下去嗎？」

「我不是那個意思……等她回來後，恐怕又會變得很忙，我想先把話說清楚。」他的語氣並不像平常的他，不太乾脆。「……妳還記得我們在拜伯里的對話嗎？」

埃緹卡的眼底描繪出石灰岩房屋與水鳥悠游在小河中的模樣；耳邊響起在那幅絕美

YOURFORMA

景色中怎麼也找不到出口的應答。

——『我們要怎麼樣才能站在對等的立場？』

——『不，還是算了吧。我無法準確地形容。』

破案之後，兩人都避免觸碰這個問題。可是到了現在，他竟然主動提起。

「嗯……我還記得。」

「那個時候，我無法整理好自己的思緒……」說到這裡，他非常機械化地眨了一次眼睛。「其實，我現在也沒有自信能好好表達，但我還是得說。」

埃緹卡點點頭，卻也感到困惑——哈羅德似乎對於用字遣詞相當猶豫。這是埃緹卡第一次看到他這樣，甚至連他能露出這樣的表情都不知道。

圓環的恣意喧囂有如退去的海潮，逐漸遠離。

「簡而言之……我希望今後也能繼續與妳合作，但我身為阿米客思的思考方式或許會妨礙這份合作關係，所以，我希望妳能告訴我。」

他的話不像是出於機械的嘴巴，帶著熱度。

「我究竟要怎麼做，才能達到妳所期望的『對等』呢？」

——但是，自己很清楚。

『就算想做出「像人」的東西，成品也不一定接近人類。《科學怪人》中的法蘭克斯坦本來想做的也不是怪物。』

埃緹卡筆直注視著他。自己與他相同，一點也沒有自信能好好表達。

「……光是你願意這麼思考，我就很高興了。」她果然馬上就迷失了後續該說的話，忍不住舔起下唇。乾裂的嘴唇有脫皮的現象。「老實說，我也不知道該怎麼辦。因為我一直以來都不太跟別人交流……況且我還親身體會了你身為阿米客思的思考方式。」

彷彿要填滿短暫的沉默，喧囂再次膨脹。連同混雜的氣味一起吹拂而過的風，感覺起來特別柔和。

「可是……即使如此，你也是第一個讓我想去了解的人。」

哈羅德的冰凍眼瞳微微睜大——陽光照進去，在他眼中翻轉。

彼此的距離觸手可及。

但毫無疑問，自己與他之間有著一道冰隙般的鴻溝。

所以為了彌補無法跨越的差距，埃緹卡伸出了手——因為她從來不曾主動與他人握手，動作生硬得有點滑稽。

「我今後一定也會被你傷害吧。可是，我願意想辦法配合你的步調，所以……可以的話，希望你也能這麼做。現在只要這樣就夠了……我是這麼想的。」

哈羅德罕見地沒有微笑，仍然維持下定某種決心的嚴肅表情。

「——我會努力貼近妳的，電索官。」

他的乾燥手掌輕輕握住埃緹卡的手。阿米客思的體溫果然還是比人類低了一點，光滑得令人訝異的觸感，留下了一點彷彿黑色汙漬的不安。

然後，他為了迎接達莉雅，這次總算轉身離去——埃緹卡從他走遠的背影移開目光。為了遺忘剛才產生的汙漬，她翻開手中的平裝書。

『我說電索官——』

萊克希的聲音在耳邊騷動著復甦。

『如果妳希望哈羅德今後也能繼續擔任輔助官，有一件事……我想先告訴妳。妳就當作是我在自言自語吧。』

哈羅德甦醒前的研究室——當時，埃緹卡跟坐在椅子上的萊克希獨處。垂在萊克希臉頰上的深褐色頭髮透著特別明顯的藍，絲毫不在乎擴張在止血帶下方的紅色傷口。

『敬愛規範究竟是什麼呢？』薄薄的嘴唇吐露怨聲般的嘆息。『「尊敬人類，乖乖聽人類的命令，絕不攻擊人類」……阿米客思的程式中都寫著這些信念。可是啊，誰也沒發現，這其實是很弔詭的。』

妳想想看吧——她這麼說著，淡淡地笑了。

『量產型阿米客思只是表面上假裝在思考而已。一個小房間裡的英國人——一個連攻擊人類的概念都不知道的東西，到底要怎麼「遵守」敬愛規範？他們根本無從遵守。這麼命令他們，就像是告誡一盆植物「不可以說英語」一樣。』

自己大概不該聽到這番話吧。

不過埃緹卡很清楚，她已經無法回頭了。

『國際ＡＩ倫理委員會的審查標準是排除無法遵守敬愛規範的系統結構，但其中並不包括「無法搭載」敬愛規範的系統結構。』

也就是說——

埃緹卡忍不住想開口，但萊克希用食指抵住了嘴唇。

意思是要她靜靜地聽下去。

『阿米客思是追求「貼近真人」而發明的機器人，可是我們人類所做的事並不全是好事。所以人們總不免害怕，怕阿米客思可能會「失控攻擊人類」或「群起叛變」。』她的語調既像呢喃，也像歌唱。『從恰佩克寫出《ＲＵＲ》的時代起，我們就開始想像機器人的叛變，相關題材的虛構作品也堆積如山。因為如此，量產型阿米客思明明沒有聰明得能攻擊人類，大家還是忍不住疑神疑鬼。』

敬愛規範就是因此而誕生。

『對顧客（使用者）來說，只要知道阿米客思受到敬愛規範的約束就夠了。最重要的是——所有阿米客思都被告知自己搭載了敬愛規範。當然了，ＲＦ型也不例外。』

然而——

『另一方面，ＲＦ型的神經模仿系統具有特別的思考程序。不只如此，還有又深又廣的黑盒子範圍……妳應該也差不多明白了吧？』

萊克希的微笑平靜得令人啞口無言。

『其實——「敬愛規範打從一開始就不存在」。』

從剛才起，身體的感官就很遲鈍。

——『我很正常，我只是知道了敬愛規範的「真相」罷了。』

知覺犯罪當時，舉槍的史帝夫說的那句話。

代表ＲＦ型能夠察覺敬愛規範只是「幻想」。

根據狀況，他們甚至能採取攻擊人類的手段。

——『如果能夠抓到殺害索頌的犯人，我打算親手制裁他。』

哈羅德肯定知道這個祕密。

若非如此，他應該無法在萊克希的別墅對馬文發動反擊。沒錯，那並非制止，而是確切的「反擊」。他的小房間裡明明並不存在「攻擊」的選項。

他一直扮演著順從的機械。正因如此，才會產生破綻。

所以到了找出犯人的那一刻——他肯定會拋棄一切，奮不顧身地復仇吧。

當那個時候來臨，自己究竟會怎麼做呢？

一陣撫過臉頰的冷風讓埃緹卡回過神來。抬頭一看，原本晴朗的天空已經開始飄起烏雲。這個國家的天氣很多變，再過不久應該就會下起陣雨了。

埃緹卡低下頭，看著《科學怪人》的內頁。

〈我們人類的靈魂是如此神奇，卻又以如此纖細的絲線繫著繁榮或毀滅。〉

埃緹卡輕輕闔上書本，從外套的口袋裡取出細細的電子菸。這是今天早上從飯店的販賣部買來的東西——喀嚓一聲，她打開開關。

將菸送進嘴裡，一股既懷念又陌生的薄荷香味便穿透鼻腔。

飄起的淡淡煙霧虛幻地融入空中。

面對逐步靠近的雨聲，恐怕是無處可躲了。

後記

第二集能夠順利出版，全都仰賴各位讀者對第一集的支持。您願意拿起這本書，我要表達由衷的感謝。

自從報名參加新人賞，我便一直夢想能撰寫作品的續集。我一方面沉浸在實現夢想的喜悅中，一方面也在執筆的日子裡不斷苦思。此刻我深切希望內容能夠盡量符合各位讀者的期待。

令人感激的是，《記憶縫線YOUR FORMA》決定改編成漫畫了。負責的漫畫家是如月芳規老師，從六月開始在月刊《Young Ace》展開連載。以埃緹卡等人的活躍為首，老師用充滿魅力的漫畫描繪了所有的故事，請各位務必欣賞。另外，也歡迎大家到官方推特（https://twitter.com/yourforma）瀏覽作品的最新資訊或留言。

最後我想表達感謝。由田責編，我始終猶疑不定，給您添了許多麻煩，真的非常感謝您的耐心指導。插畫家野崎つばた老師，您這次也在百忙之中為拙作增添光彩，我心中只有滿滿的感謝。其實我還沒看到第二集的插畫，所以從現在就開始期待得不得了。

為了能在這裡繼續與各位相見，我今後也會不斷精進自己。

二〇二一年四月　菊石まれほ

◎主要參考文獻

松尾豊《人工知能は人間を超えるか　ディープラーニングの先にあるもの》（ＫＡＤＯＫＡＷＡ　二〇一五年）

三宅陽一郎《人工知能のための哲学塾》（ビー・エヌ・エヌ新社　二〇一六年）

Barrat, James著　水谷淳譯《人工知能　人類最悪にして最後の発明》（ダイヤモンド社　二〇一五年）

Reese, Byron著　古谷美央譯《人類の歴史とＡＩの未来》（ディスカヴァー・トゥエンティワン　二〇一九年）

Shelley, Mary著　芹澤恵譯《フランケンシュタイン》（新潮文庫　二〇一五年）

©Takemachi, Tomari 2020 / KADOKAWA CORPORATIO

間諜教室 1～4 待續

作者：竹町　插畫：トマリ

Kadokawa Fantastic Novels

位處絕望深淵時，
眾所期待的英雄將會現身！

克勞斯打倒的冷酷無情間諜殺手「屍」招認吐實，「燈火」終於揪住來歷不明的帝國組織「蛇」的尾巴。揭發其真面目，來到敵人的巢穴。然而被賦予指揮任務之職的緹雅卻喪失了身為間諜的自信心——

各 NT$220~240/HK$73~80

©Nahuse 2019 Illustration:Gin,yish / KADOKAWA CORPORATION

重組世界Rebuild World 1~2〈上〉待續

Kadokawa Fantastic Novels

作者：ナフセ　插畫：吟　世界觀插畫：わいっしゅ　機械設定：cell

阿基拉與克也又在同一個任務中碰頭，
必須殲滅在遺跡裡成群行動的亞拉達蠍——

阿基拉漸漸在周圍的獵人相關人士間也受到矚目，多蘭卡姆的新手獵人克也對他抱著複雜的想法。這兩人又在同一個討伐任務中碰頭。殲滅在遺跡裡成群行動的強敵亞拉達蠍的任務——在阿基拉身上又多了一項意外的護衛委託，故事更加速發展！

各 **NT$240~280/HK$80~93**

©Asato Asato 2021 / KADOKAWA CORPORATION

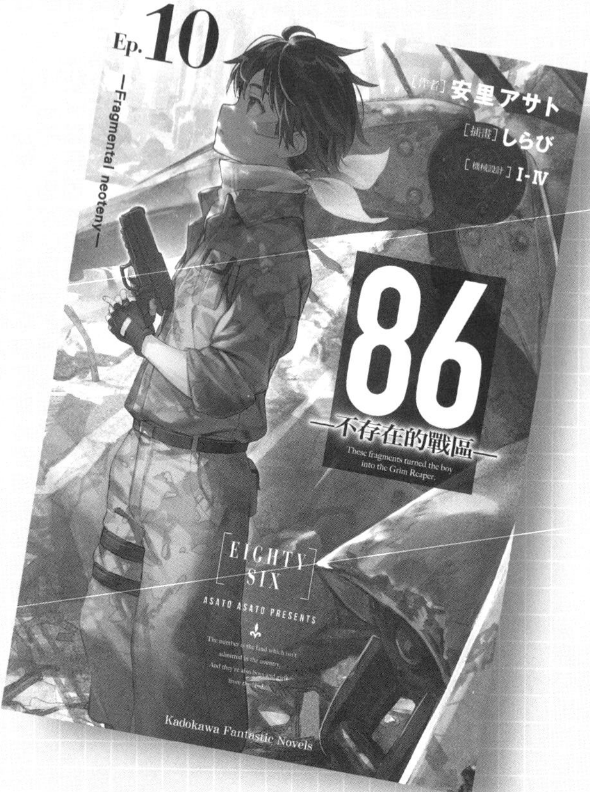

86—不存在的戰區— 1~10 待續

Kadokawa Fantastic Novels

作者：安里アサト　插畫：しらび

讓我們追尋在血紅眼眸深處閃耀的，
僅存的少許片斷——

年幼的少年兵辛耶・諾贊降臨地獄般的戰場，日後他將成為八六們的「死神」，帶著傷重身亡的同袍們的遺志走到生命盡頭——這些故事描述與他人的邂逅如何將他變成「他們的死神」，以及來得突然的死亡與破壞又是如何殘酷地斬斷了他們的牽絆。

各 **NT$220~260/HK$73~87**

© Natsu Hyuuga 2020 / Shufunotomo Infos Co.,Ltd.

藥師少女的獨語 1~9 待續

Kadokawa Fantastic Novels

作者：日向夏　插畫：しのとうこ

為學得一身紮實的醫術，
藥師少女將接受習醫資格的考驗!?

壬氏這輩子最大膽的行動，害貓貓與他之間共有了一個祕密。為了傷勢不可外揚的壬氏，多次偷偷去看診的貓貓盡己所能地治療他。但誰也不能保證壬氏今後不會受更多的傷。礙於醫官貼身女官的曖昧立場，貓貓無法學習醫術，於是決定向羅門學醫。豈料——

各 **NT$220~260/HK$75~87**

©Ceez 2020 / KADOKAWA CORPORATION

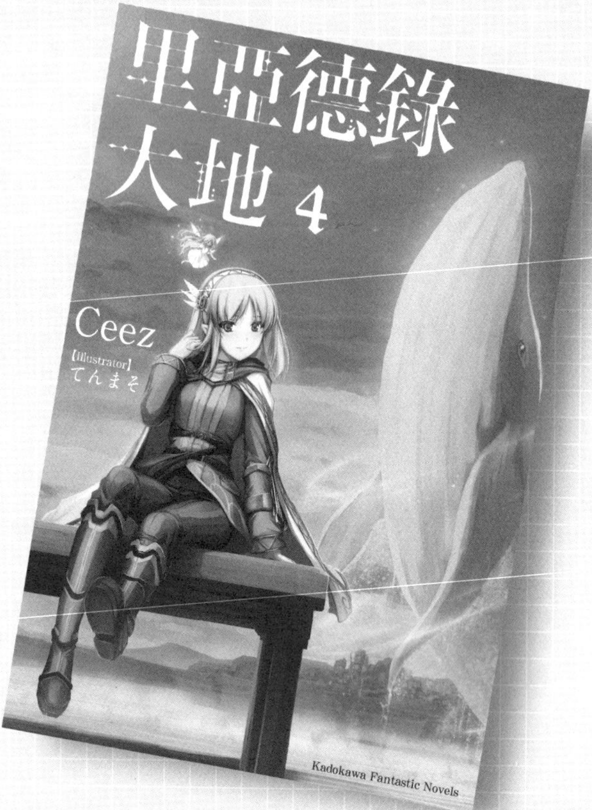

里亞德錄大地 1~4 待續

Kadokawa Fantastic Novels

作者：Ceez　插畫：てんまそ

守護者之塔藍鯨的MP即將枯竭，
葵娜制定作戰計畫設法幫助它。

葵娜為了讓露可見長女梅梅，帶著莉朵和洛可希努再次前往費爾斯凱洛。待在費爾斯凱洛時，煙霧人型守護者告訴葵娜有個守護者之塔維持機能的MP即將枯竭，希望她幫忙。這個守護者之塔竟然是在水中移動，身長超過一百公尺的藍鯨……？

各 **NT$250~260/HK$83~87**

©Shinji Cobkubo 2019 / KADOKAWA CORPORATION

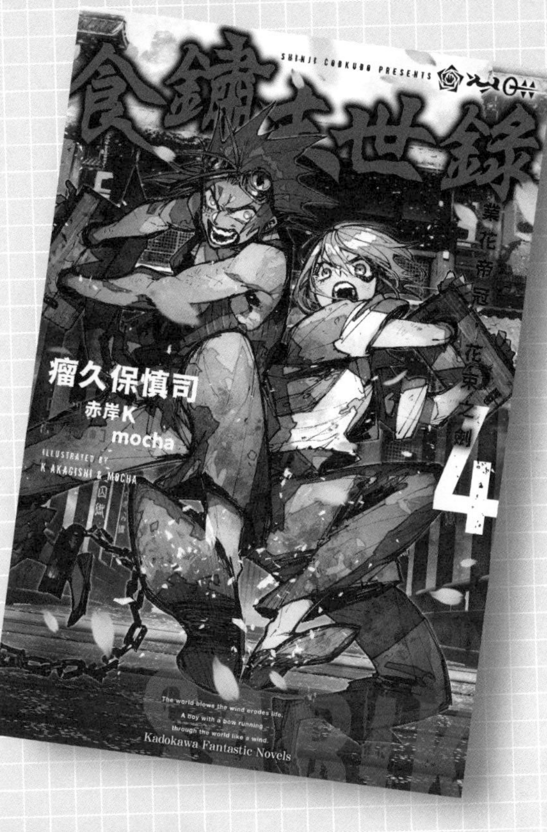

食鏽末世錄 1~4 待續

Kadokawa Fantastic Novels

作者：瘤久保慎司　插畫：赤岸K

六道囚獄裡受盡欺凌的紅菱一族，
既悲哀又絢爛綻放的「花」——

在濃烈的死亡氣息包圍之下，名為獅子的少女藉由寒椿活了過來，從滾燙的血海中脫困且與畢斯可等人相遇。為了拯救於水深火熱之中的紅菱同胞，他們冒險闖入卻身陷囹圄；為了打倒敵人，進化蕈菇「七色」所催生出未知花力，撼動全日本——

各 NT$240~280/HK$80~93

國家圖書館出版品預行編目資料

記憶縫線YOUR FORMA. 2, 電索官埃緹卡與女王的三胞胎/菊石まれほ作；王怡山譯. -- 初版. -- 臺北市：臺灣角川股份有限公司, 2022.07

面；　公分

譯自：ユア・フォルマ 2, 電索官エチカと女王の三つ子

ISBN 978-626-321-597-9(平裝)

861.57　　111007275

Kadokawa
Fantastic
Novels

記憶縫線YOUR FORMA 2
電索官埃緹卡與女王的三胞胎

（原著名：ユア・フォルマ 2 電索官エチカと女王の三つ子）

2022年7月13日　初版第1刷發行

作　　者：菊石まれほ
插　　畫：野崎つばた
譯　　者：王怡山

發 行 人：岩崎剛人
總 編 輯：蔡佩芬
編　　輯：孫千棻
美術設計：吳佳昀
印　　務：李明修（主任）、張加恩（主任）、張凱棋

發 行 所：台灣角川股份有限公司
地　　址：104台北市中山區松江路223號3樓
電　　話：（02）2515-3000
傳　　真：（02）2515-0033
網　　址：www.kadokawa.com.tw
劃撥帳戶：台灣角川股份有限公司
劃撥帳號：19487412
法律顧問：有澤法律事務所
製　　版：巨茂科技印刷有限公司
ISBN：978-626-321-597-9

※版權所有，未經許可，不許轉載。
※本書如有破損、裝訂錯誤，請持購買憑證回原購買處或連同憑證寄回出版社更換。

YOUR FORMA Vol.2 DENSAKUKAN ECHIKA TO JOU NO MITSUGO
©Mareho Kikuishi 2021
Edited by 電擊文庫
First published in Japan in 2021 by KADOKAWA CORPORATION, Tokyo.
Complex Chinese translation rights arranged with KADOKAWA CORPORATION, Tokyo.